Afgehandel

ERKENNING

Aan my groepie skryf vriendinne – Karlien, Theresa, Anjolize en Cathy, sonder julle sou ek nooit dit kon doen nie. Julle is 'n klomp spesiale mense!

Aan my proeflesers Werner, Christoff en Tanya, baie dankie vir julle insette ek waardeer dit baie.

VOORWOORD

Afgehandel is een van my drome wat die lig gesien het nadat ek by 'n fenominale groepie skrywers betrokke geraak het.

Ek glo Afgehandel gaan die eerste van baie wees en ek sien uit daarna om nog baie meer stories die lig te laat sien.

...... Juanita

HOOFSTUK 1

Melissa Schoon

Ek sit in die middagverkeer in Hans Strijdom laan. Dis warm en ek is geirriteerd. Ek kyk na my horlosie. 17:45. Die son skyn asof dit 12:00 is. 'n Tipiese Februarie somersdag in Pretoria.

Na 'n dag op kantoor is die verkeer die laaste ding waarvoor ek kans sien. Padwerke voor... my kop klop asof die padwerke ook daar aan die gang is. Ek druk my slape en voorkop met my regterhand met die hoop dat die klop sal ophou.

Die man agter my raak ongeduldig, hy druk so een maal geirriteerd die toeter. Ek gee hom 'n kyk in die spieëltjie. Hy kyk weg. Ek skakel die radio aan. Dis 94.2 se nuus. Blah blah blah blah blah. Dis die laaste berig wat my aandag trek." 'n Oud onderwyser is gisteraand oorval in sy huis in Suid Heuwels, Johannesburg. Die Polisie ondersoek 'n saak van inbraak en is opsoek na Timoteus Mahlanga wat dalk behulpsaam kan wees met die ondersoek."

My hart gee 'n ruk. Kan dit wees? Oud onderwyser.... Suide van Johannesburg.... Ek gryp na my selfoon en gaan na my internet boekmerke: Beeld. Die motor voor my begin stadig vorentoe beweeg. "Ag vrek!" Ek sê dit sommer hardop vir myself. Nou wil julle beweeg! Ons stop weer.

Ek beweeg vinnig deur die berigte en sien "Geliefde onderwyser sterf" My hart klop 'n ongemaklike diep klop hier in my borskas. Ek lees:" Mnr Robert van Aswegen is gisteroggend deur sy huishulp in sy bad dood aangetref. Daar was snymerke aan sy keel en tekens van 'n geweldige struweling. Sy skootrekenaar word vermis en dit word vermoed dat sy vorige tuinhulp betrokke kan wees by die moord." Ek lees nie verder nie.

Mnr Robert van Aswegen. Dood. 'n Glimlag begin vorm op my lippe. Mnr Robert van Aswegen, dood.....Skielik lyk my aand 'n bietjie beter.

Die verkeer beweeg teen 'n slakkepas en dis 18:15 toe ek die voordeur van my meenthuis oop sluit. My skootrekenaarsak en handsak land op die eetkamer tafel, my lyf stap outomaties na die yskas en ek skink vir myself 'n glas wyn in....lafenis vir die liggaam en siel. Ek val op my gunsteling stoel neer.

Ek weet ek moet myself kry om te dink aan wat gebeur het. 'Geliefde onderwyser Mnr Robert van Aswegen, dood' Die woorde maal in my kop rond.Is ek gereed om daaraan te dink? Om die seer en pyn en rou en vulgêrheid weer oop te lê op die vlaktes van my gedagtes?

Die wyn proe soos manna uit die hemel. As dit maar net was. Manna wat die honger, die leegheid, die pyn kon wegvat. Maar dis net vir 'n rukkie....'n rukkie sal vir my moet deug vanaand.

Ek slaan my skootrekenaar oop en gaan in op Beeld se webblad. Ek lees die hele berig. Hy was afgetree en het alleen gewoon, naby die Laerskool. 'n Gesiene mens in die omgewing en veral die kinders gaan hom mis.(Ek voel naar. Ek lees verder.)

Hy is Vrydagaand laas gesien toe hy sy tuinhulp betaal het en Maandagoggend het sy huishulp hom dood in die bad gekry. Hy is dus tussen Vrydag- en Saterdagaand vermoor aangesien *Rigor Mortis* reeds ingetree het. Sy keel is afgesny en daar was baie bloed. (My naarheid verlig so effens)
'n Roudiens word Vrydag by die Krematorium in die middestad van Johannesburg gehou. Hoe gepas? Dat hy gaan brand! Ek sluk die hele glas wyn met een slag op.

Ek lê op die bank en kyk na die plafon en al waaraan ek kan dink is " Mnr Robert van Aswegen, dood" Met daardie woorde raak ek aan die slaap – vir die eerste keer in jare, sonder 'n slaappil.

14 Februarie 1987
Laerskool Dirkie Uys – Suide van Johannesburg

Die son bak op die skoolgrond van Laerskool Dirkie Uys. Dis net kinders waar jy kyk. Vandag het hulle langer pouse want dis mos "Liefie-diefie dag". Net vir vandag mag die meisies rooi linte in hulle hare dra en die seuns mag rooi skoenveters aantrek, als in die naam van die Liefde.

Die klok lui en die pouse kom tot 'n einde. Belinda Zeelie, 'n lang maer dogtertjie met rooi haartjies en 'n sproet gesiggie hardloop met haar stokkie beentjies na haar tas. Sy haat dit as haar pa vir haar sê "ou kierie beentjies" Sy voel so lelik, hoekom kan hy nie 'n mooi naam vir haar uitdink nie? Sy sien altyd as Nadia se pa haar aflaai, hoe hy haar tas vir haar dra en hoe trots hy lyk op haar, dan dink sy veral aan haar pa wat vir haar "kierie beentjies" sê.

Sy kyk na haar rooster en sien hulle het vir die laaste twee periodes Wiskunde by Mnr van Aswegen. "Dis so lekker om te wissel", dink sy en stap in die gang af na Mnr van Aswegen se klas toe. Ander maatjies draf verby haar en sy kom by Mnr van Aswegen se klas aan. Hy is so gawe meneer. Belinda hou baie van hom.

Hy teken altyd vir haar 'n gesiggie langs sy handtekening as hy haar boek gemerk het en skryf baie vir haar "Mooi so meisiekind". 'Meisiekind' sy hou daarvan.

"Middag klas, is julle liefie-diefie dag lekker?" Dis soos 'n gejuig en geskater van stemme. "Ek het 'n groot verrassing vir julle... julle kan almal nog verder gaan speel totdat die skool uitkom" Die klas bulder 'n groot geskree uit en hulle storm na die rugbyveld.

"Belinda, jy moet asseblief agter bly, ek wil gou met jou gesels" Belinda se hart klop in haar keel, het sy iets verkeerd gedoen? Is iets fout met haar Wiskunde werkies? Het sy haar Dinsdag-toets gedruip?

"Toemaar jong, moenie skrik nie. Ek wil net met jou gesels." Mnr van Aswegen vat Belinda aan die skouer en vryf haar rug. Sy kry 'n gevoel in haar wat nie goed is nie. 'n Stemmetjie sê vir haar "Hardloop!" Maar meneer het die klas se deur gesluit.

Hoekom sou hy dit doen? Wil hy so erg met haar raas. Hy gaan sit op sy stoel en hou haar hand vas, met sy ander hand maak hy sy broek se ritsluiter oop. Belinda trek haar hand terug maar hy hou haar so styf vas dat sy nie kan wegkom nie.
"Meneer, asseblief ek wil uitgaan" "Nee Belinda" sê hy in so sagte onheilspellende stem. "Het jy ietsie gekry vir liefie-diefie dag" Hy druk sy hand in sy broek. Nou maak Belinda haar oë styf toe, sy wil nie sien nie, sy wil nie hier wees nie, sy wil skree maar haar keel is toegetrek. Dit voel of 'n donker kombers oor haar gegooi is.

"Ek gaan vir jou ietsie baie lekkers gee vir liefie –diefie dag" Hy trek haar nader en sit haar hand op sy geslagsdeel. "As jy mooi saam my speel sal ek vir niemand sê nie, en jy moet ook vir niemand sê nie. Almal gaan dink dis jy wat stout was Belinda." Sy stem word harder en hy pluk haar aan die hand "Hoor jy my, jy mag vir niemand sê watse speletjie ons speel nie" Die trane rol uit haar oë.

Hy sê dis wat groot meisies doen vir hulle meneer. Hy sê dis hulle geheim. Hy sê dis haar skuld. Sy voel hoe sy doodgaan....10 jaar oud en sy gaan dood.

Hy maak met haar liggaam wat hy wil, en sy staan net daar.... sy haat hom, sy haat hierdie dag, hierdie skool en haarself oor wat sy toelaat wat Mnr van Aswegen aan haar doen

HOOFSTUK 2

Ek word wakker met my selfoon se 'buzzer'. Dagbreek het gearriveer! My kop is vol en my maag is leeg. My oë wil nie oop nie. Ek wil nog wegbreek na waar ek in beheer is.My drome.

Ek sleep my moeë lyf na die badkamer en kyk vir myself in die langlyf spieël wat teen die badkamer deur geplak is. 'n Bos rooi hare wat enige maanhaar leeu jaloers sal maak, 'n lang vleiende nek, nie juis borste wat die *FHM* voorblad sal haal nie en die res is lank en maer, te maer. 'Kierie beentjies!'

Hierdie beeld skep geen emosie by my nie, nie liefde of haat nie; nie trots of skaamte nie. Nie meer nie. Van Aswegen het gesorg vir genoeg selfhaat en -skaamte. Maar nie meer nie. Ek sien my liggaam as 'n voertuig, 'n dop vir hierdie reis na die volgende.

Die stort se water speel oor my gesig, dis 'n dans hierdie, tussen my en die water. 'n Helende dans, druppels wat vertroos, versorg en heel. Ek beweeg my kop, my nek en die res van my lyf sodat die druppels orals kan bykom. As ons klaar gedans het, begin die res van my oggendroetine: "Drink jou pille Belinda Zeelie!"

'n Pil vir depressie (check)
'n Pil vir angsaanvalle (check)
'n Pil vir energie (check)
'n Pil vir bloeddruk (check)

As Mariana geweet het hoeveel pille ek drink sou sy my nooit aangestel het nie. Ek gril terwyl ek die laaste pil sluk. Terug na die leeu se kuil!

Ek stop voor die spierwit huisie met groen geute en lowergroen gras. Die goue naambordjie pryk op die muur langs die hout voordeur: "Mariana de Wit en Vennote. Emosionele Ondersteuners. Ons spesialiseer in Gesinsopbouing en trauma beheer."

Ek grinnik hier diep binne in my, wat dit eintlik moet sê is: "Mariana de Wit en Vennote. Klomp maatskaplike werkers wat gatvol geraak het vir die staatsdiens en steeds dieselfde gemors probeer uitsorteer" En dis ek..."en vennote" , wel, een van hulle.

Ons deel die pragtige huisie met Mariana se man, 'n algemene praktisyn: Dr Albert Kriel. Albert is omtrent tien jaar ouer as Mariana. Hulle het ontmoet toe sy 'n nagraadse klas bygewoon het wat hy aangebied het by die Universiteit.

Preutse Mariana en die Lektor. Ek kan myself dit amper nie indink nie. Dit was liefde met die eerste oogopslag, so sê hulle en na tien jaar se getroude lewe is hul steeds verlief op mekaar, genoeg om enige enkellopende versuurde mens naar te maak.

Mariana is in haar mid-veertigs. 'n Goedhartige maatskaplike werker wat glo dat die tradisionele gesinsopset behou moet word teen alle koste. Mariana glo ook dat molesteerders en verkragters gerehabiliteer kan word, nog 'n punt waarop ons verskil. Dis hoekom ek so verbaas was toe ek drie jaar terug die oproep van haar ontvang het om deel te word van haar span.

Ek was 'n gesoute maatskaplike werker in die Gesinsadvokaat se kantore wat die ongelukkige 'talent' ontwikkel het om molesteerders te kan ontmasker... wel al wat ek eintlik doen is om na die slagoffers te luister, dit wat hulle sê en dit wat hulle nie sê nie.

Mariana het gesukkel met 'n saak en ons kantore genader vir hulp. Hulle het haar na my verwys, haar opregtheid om te help en dringendheid om die kind uit die omstandighede te help het my oortuig om met die tienermeisie te gaan gesels by Mariana se kantore.

My eerste sessie met Natasha was drie ure lank. Ons het net gesels oor musiek, modes, akteurs en seuns. Mariana was geduldig. Na die derde sessie het Natasha haar hart oopgemaak en kon ek, saam met Mariana se personeel, genoeg bewyse bymekaar kry om die skuldige aan te kla.

'n Maand later het Mariana se oproep gekom. "Wil jy meer mense se lewens verander?" Wie sal nee sê vir dit? Hoe kon *ek* nee sê vir dit? Nou, meer as 3 jaar later is ek effens ontnugter. Die slagoffers word meer, die skade erger en ek....die foon lui.

"Goeiemore dis Belinda" Ek wag vir die stem aan die ander kant. Dis die klerk van die hof wat een of ander leêr soek vir 'n saak wat op die rol kom vandag. Ek sit hom deur na ontvangs toe en plof in my stoel neer.

My dagboek lê oop voor my. 08:30: Oggendvergadering met Mariana, 10:00: Melissa Schoon. Die res van my middag is oop.

Klein Melissa met die blonde krul haartjies, die haasbekkie en stukkende siel. My hart sink in my skoene, hoe lank kan ek *die* werk nog doen?
Melissa en haar ma kom besoek ons al vir 6 maande en daar is min vordering. Haar ma het onraad vermoed toe Melissa skielik weer haar bed natmaak, nagmerries het en haar naels begin kou.

Geen Oupa, Pa of Stiefpa in die huis. Sy gaan kuier wel elke tweede naweek by haar Pa, maar hy was ook al hier en my radar dui nie op hom nie. Melissa, haar ma en haar boetie wat in Graad 7 is woon saam. Ek wou 'boeta' al vir 'n poligraaf stuur maar mevrou Schoon en Marianna wil nie instem nie.

Ek is seker hy het iets te doen met haar persoonlikheidsverandering of hy weet wie het. Maar ek kry nie my vinger daarop geplaas nie. Ons weet nie eers hoekom sy so optree nie. Maar iewers is groot fout, en groot skade.

Ek kyk na die Mickey Muis Horlosie teen my muur – Mickey loer vir my met sy kort arm op die agt en sy lang arm op die drie. Dis amper tyd vir die oggendvergadering. Die son skyn by my kantoor se venster in en dit verlig die helder kleurige plofstoele wat in my kantoor is. Die speelhoekie is gepak met legkaarte, boublokkies en speelgoed diertjies.

Dit is veronderstel om 'n atmosfeer van gemaklikheid en veiligheid te skep, in der waarheid het hierdie helderkleurige kantoor al baie somber stories oorleef en baie trane aangehoor..... as die mure tog wel ore gehad het.

Nadat ek vir my 'n sterk koffie gemaak het stap ek na die mini raadsaal, die eetkamer, en neem my gewone plek in. Mariana sit aan die hoof van die tafel en die res van ons, ek, Veronica en ons student maatskaplikewerker –Joyce- om haar. Elkeen met hul dag se leêrs voor hulle om te bespreek met mekaar. Hierdie sessies is meer vir ons psigiese welstand en morele ondersteuning as wat dit rapporteringsessies is.

Mariana luister aandagtig na almal se reportoire. Ek kyk na haar terwyl sy met emosie luister, meegevoel betuig en ook soms berispe. Amper soos 'n ma veronderstel is om te doen.

Ek wonder skielik hoe lyk ek as ek na 'my kindertjies' luister. Ek dink daar is meer kommer, seerkry en haat op my gesig, nie vir die slagoffers nie maar die varke wat dit aan hulle doen.

"Belinda" Mariana se stem ruk my uit my gedagte wêreld. "Jy sien vandag weer vir Melissa en haar ma nie waar nie?" "Dit is so

Mariana, ek glo ons is naby aan 'n deurbraak" ek hoop ons is naby, is eintlik wat ek moes sê. Ek wens ek kon die kind se pyn nou beëindig dat sy met die helingsproses kan begin.

"Enige hulp nodig?" Ek dink vir 'n oomblik. "Miskien kan jy mevrou Schoon bietjie besig hou dat ek alleen met Melissa praat. Dit lyk altyd vir my of Mamma haar wil voorsê, of dat sy bang is om heeltemal oop te maak voor haar ma." "Sekerlik, ek doen dit vir jou. Ons moet nou tot 'n punt kom met die saak."

Joyce val weg met vrae oor een of ander taak wat sy moet indien aan die Universiteit en Mariana se oë helder op. Sy geniet die mentorskap tog soveel. Ek knik na Mariana en Veronica om my te verskoon en gaan na my kantoor om voor te berei vir Melissa se besoek. Vandag kom die saak tot op 'n punt!

1987- Derde skooltermyn
Laerskool Dirkie Uys – Suide van Johannesburg

Belinda se gedagtes is elders toe juffrou Botha haar naam roep. "Belinda, jou skoolfoto's. Onthou betaling moet volgende Vrydag hier wees of die foto's terug." Belinda kan sien wat juffrou dink – jy is tog so lelik ek glo nie jou ouers wil jou foto's hê nie.

Juffrou roep die volgende kind se naam en teen die tyd wat Belinda by haar tafeltjie gaan sit is die skoolfoto's diep in haar tas gebêre. Sy kyk na haar rooster wat binne-in haar tas geplak is, sy weet eintlik wat hulle volgende het, maar sy bid dat as sy weer kyk die rooster verander het. Wiskunde!

Haar kop en oë begin pyn en sy wens sy kan siekekamer toe gaan. Maar verlede week het Meneer van Aswegen haar daar kom haal en vir haar ma en pa 'n briefie geskryf. Sy het 'n groot pakslae by haar pa gekry omdat sy 'onnodig' in die siekekamer gaan lê het en was vir die res van die week as lui en agterbaks uitgeskel.

Die klok lui. Dis asof haar voete in klip verander en sy sukkel om te loop. Haar hart skree, maar haar mond is stil.

Dis nou al langer as 'n jaar wat meneer haar gereeld laat 'agterbly' en goed wys wat 'grootmeisies' en hulle menere doen. Dis aaklig. Sy haat dit. Sy weet dis verkeerd en dat sy dit 'n geheim moet hou. Maar sy wil nie die dinge doen wat hy met haar doen nie. Maar wat kan sy doen?

Hy het al vir haar gesê niemand sal haar glo nie. Hy het vir haar gesê dis hoekom Karin Greyling uit die skool uit is, dat sy, sy spesiale meisie was en toe sy gaan klik het, het hulle haar na 'n spesiale skool gestuur het.

Sy haat haar lewe! Sy haat hom!

HOOFSTUK 3

Melissa Schoon se leêr lê oop op my tafel. Verslag na verslag in die geel kartonleêr. Dis nooit goed as daar so baie verslae is nie. Elke verslag 'n skreeuende simbool van pyn, skade, trane.

Bennie en Babsie sit op die klein plastiek stoeltjies en loer vir my, reg vir hulle "kuier" met Melissa.

Bennie en Babsie is my lappoppe wat ek in spelterapie gebruik. Bennie met sy blou blokkies hemp en blou broekie en Babsie met haar pienk rokkie met die valletjies. Albei het geslagsdele soos 'n regte seuntjie en dogtertjie. Wat die twee ook al deur moes maak....

Precious – ons ontvangsdame- stap by my kantoor in:"Belinda, Melissa en haar ma is hier, kan hulle maar inkom?" Ek kyk op "Ek kom haal hulle sommer, dankie Precious" Ek haal diep asem, en weer, en stap na die ontvangs. "Here, gee my krag asseblief"

Ek stap by die ontvangs in, dit voel of ek oor die klein Melissa uit toring daar waar sy langs haar ma sit. Sy sit gebukkend met haar handjies op haar skoot. Haar ma lyk moeg. Nie 'n "nie genoeg slaap"-moeg nie, 'n lewensmoegheid.

Ongelukkig weet ek, dat al vind ons uit wat met Melissa gebeur het en wie wat gedoen het aan haar, gaan die pad vir hulle nie makliker raak nie. Die lewensmoegheid gaan vir altyd daar wees. Die gedagtes kan nie uitgevee word nie – dit gaan vir altyd by hulle bly.

Mariana kom die vertrek ook binne, net betyds. "More mevrou, hallo Melissa" Ek glimlag my opregste glimlag en hurk effens om haar hand te vat. Sy kyk eers na haar ma vir toestemming, haar ma knik vir haar om aan te dui dat sy maar my hand kan vat.

Mariana se stem is dringend en selfversekerd "Mevrou Schoon, kan ons asseblief gesels in my kantoor?" Met daardie stemtoon sou amper nie eers ek kon nee sê vir Mariana nie.

Ek en Melissa gaan sit op die plofstoele, sy reik uit na Babsie. Vandat ek haar sien wil sy glad nie met Bennie speel nie, ek neem haar nie kwalik nie. Dis gewoonlik net met gestruktureerde rolspel wat dogtertjies met Bennie speel.

"Hoe was jou week Melissa?" "Het jy lekker met jou maatjies gespeel?" Die gewone vrae maak deel uit van ons opwarmings gesprek. Melissa praat nie baie nie. Ek luister, na dit wat sy nie sê nie. Ons speel bietjie blokkies, bietjie diertjies en toe sy die eerste speletjie inisieer begin ek dieper ondersoek instel.

"Melissa, wat doen jy en jou boetie as julle alleen is?"

Sy maak 'n klein ruk beweging met haar armpies

"Ek weet nie"

"Is julle partykeer alleen?"

"Net as dit slapenstyd is Tannie"

"Waar slaap jy?"

"In my kamer"

"En jou boetie?"

"In sy kamer"

"Kom hy na jou kamer toe as jy slaap?"

"Ek weet nie, ek slaap"

Ek sien haar ogies word liggies vol trane.

"Ek is lief vir my boetie, hy is lief vir my"

"Ek weet Melissa, jy kan enigeiets vir my vertel"

"Ek weet"

"Wat as jy vir my 'n storie vertel?"

"Ek wil nie nou nie. Ek kan nie"

Ek besluit om nie verder te druk nie. Ek speel verder met die diertjies voor my en probeer die atmosfeer lig. Melissa raak rustiger en ons lag selfs vir die groen glibberige dinosourus wat haar blokkie-toring om stamp.

Die uur en 'n half is verby en Mariana maak my kantoordeur oop. Mevrou Schoon stap in en gesels liefdevol met Melissa. Ek en Mariana kyk na mekaar, sy kan op my gesiguitdrukking sien dat ek nie gevorder het nie.

Ek stap saam hulle na die voordeur en sien hulle af. Dit voel alles so verniet.

Terug in my kantoor kyk ek weer na Melissa se leêrs. Ek dink aan ons gesprekke. Ek MOET sien hoe lyk hulle huis, ek MOET sien waar slaap hulle, hoe maklik kom mens van een kamer na 'n ander? Ek MOET vir 'boetie' sien, in sy eie 'habitat', onverwags, ongemoduleer.

My middag is oop, ek het hulle adres, Mevrou Schoon is by die werk vanmiddag, Melissa by die nasorgsentrum, 'boetie' is by die huis.

Ek trek my dagboek nader en skryf die punte neer wat ek voor moet kyk by hulle huis. Dis nie ons praktyk om sonder toestemming na ons kliënte se huise toe te gaan nie, "maar ek gaan mos net kyk", probeer ek myself oortuig.

Mariana sal 'n oorval kry as sy weet wat ek gaan doen. Toe my puntelys uitgeput is kyk ek na Mickey- hy sê dis 13:45.

As ek nou ry, is ek binne 'n halfuur by hulle huis. Boetie kom net by die huis aan en is verras deur my besoek. Ek maak of ek vir Mamma kom soek en loer gou deur die huis. Binne 'n halfuur is ek daar uit, terug by die werk en niemand weet waar ek was nie. Klink eenvoudig genoeg. Nou vir die uitvoering daarvan.

HOOFSTUK 4

Ek staan voor die deur van Mevrou Schoon se praktiese suursteen huisie. Geen heining, geen tuin. Net gras en 'n posbus. Ek druk die klokkie. My hand bewe. Dis nie soos ek nie. Ek hoor 'n geskarrel binne en hoor iemand wat skree:"Ek kom!" Die deur gaan oop.

Voor my staan Stephan Schoon. 'n Maer blondekop seun, slordig om die minste te sê. So een kop korter as ek, net die regte hoogte vir 'n outydse oorveeg. Sy mond is vol kos. Hy sluk terwyl hy groet. "Hallo Tannie, my ma is nie hier nie"

Ek stap verby hom in die huis in.

"Dis Stephan nie waar nie?" Hy rittereer terug. "Ja Tannie" Hy sukkel om oogkontak te maak."Stephan, ek help vir Melissa om uit te vind wat haar pla. "O, is tannie die *shrink*" Ek bespeur die leef area van waar ek staan. "Jy kan so sê ja"

Iewers in die huis is 'n televisie oorverdowend hard. Ek sien dit as my geleentheid om vir Stephan net vir 'n oomblik weg te kry. Ek moet net bietjie rondkyk. Hy is baie meer agterdogtig as wat ek verwag het.

"Stephan, gaan sit jy gou die TV bietjie sagter dan gesels ons" Hy stap so stadig as wat 'n normale tiener doen, in die gang af. Ideaal!

Op die glas eetkamer tafel staan 'n broodplank met broodmes en krom gesnyde brood. Ek kan sien Stephan was storm honger. Grondboontjiebotter, stroop en krummels by die duisende. Sy selfoon lê op die tafel en skooltas op die grond. Sy skoene en kouse lê in die gang.

Die eerste gedagte wat in my opkom is nie punt nommer een op my 'besoek lysie' nie. Dis om Stephan se selfoon te vat en te kyk wat daarin aangaan. Ek loer skuins in die gang af, die TV se klank is steeds hard, dus is hy nog nie by die TV nie.

Ek gryp sy selfoon, dis 'n Nokia, my geluk, so een soos ek het. Ek beweeg maklik na die "Pictures" ikoon en maak dit oop. Die eerste klomp is normale tiener prentjies. Dan sien ek iets wat my aandag vang. Dit lyk soos 'n hand, in die donker. 'n Tienerhand.

Ek kan nie sien wat anders op die foto is nie. Ek beweeg na die volgende foto en soos ek aanbeweeg word my hartklop al hoe dieper, vinniger. Dit voel of my hart gaan bars.

Dis fotos van Stephan en Melissa, waar hy haar betas. In die donker. Oor haar hele liggaam, binne haar liggaampie, buite op haar liggaampie. Haar ogies toe. Die waar ek sy gesig kan sien is vreesaanjaend, sy siel is weg. Dit voel of die wêreld om my draai.

Dis hy! Dis hy! Dis hy wat haar lewe verwoes het. Hy molesteer haar in die aand en neem foto's daarvan.

Skielik praat Stephan agter my. "Wat doen Tannie?" Dis asof 'n demoon in my oorneem. Asof my siel uit my liggaam verwyder is, asof ek 'n toneel uit 'n riller film kyk. My hand gryp in stadige aksie na die broodmes, ek draai om en reflektief, steek ek vir Stephan Schoon in die linkerkant van sy nek met die broodmens. Dit voel of ek die mes in 'n taai stuk vleis druk.

Ek haal die mes uit sy nek. Ek sien die skok in sy gesig. Hy gryp na sy nek."Tannie?"
Die bloed spuit verby sy vingers, soos hy tevergeefs die gat probeer toehou. Ek steek hom weer met die mes, net bo sy hand.

Hy val op sy knieë. Die vleis voel nie meer so taai nie.

Ek staan bo oor hom en steek weer en weer. Op dieselfde plek in sy nek.

Met elke steek wat ek gee sien ek Melissa se hartseer gesiggie voor my.

My hand is bloedrooi, 'n donkerrooi. Die mes se handvatsel is nat van die dik rooi bloed en Stephan Schoon lê op die vloer voor my.

Ek dink hy is dood.

'n Dik rooi straal loop by my arm af. My bloes is vol bloedspatsels.

'n Kind is dood.

Stephan Schoon is dood, en ek het hom vermoor.

Belinda Zeelie – Nou moet jy dink!

My hart klop deur my hele liggaam. My hart èn my kop wil bars!
"Vat die mes saam" "Iets moet uit die huis, dit moet lyk asof iemand iets wou steel" Ek druk die mes en sy selfoon in my handsak.

Ek kyk op my horlosie.

Ek moet hier uit! Ek trap oor Stephan se lewelose liggaam en trek die voordeur met my handsak se materiaal gedeelte toe. "Moet geen vingerafdrukke los nie"

Ek stap na my kar, dit voel of die grond onder my uit gaan beweeg, soos sliksand wat my gaan insluk. Ek fokus net op my kar. Toe ek inklim voel dit of ek uit die duiwel se kloue gered is. Daar is nie tyd om asem te skep nie. Ek kan nie terug werk toe nie. Ek moet huis toe.

By my huis maak ek seker niemand sien my uitklim met die bebloede bloes nie. Ek parkeer my kar in die motorhuis en besluit om dadelik te gaan stort. Ek het die helende druppels nodig.

Ek gooi my handsak op my bed en maak die stort se krane oop. Terwyl ek uittrek sien ek dat tot my skoene en broekspype vol bloed is. Ek maak die badkamerkassie oop en drink een van my noodgeval angspille.
Ek moet nou dink, kan nie bekostig om nou in 'n angsaanval in te gaan nie. Met die afsluk van die pil ontmoet my blik die gesig in die spieël.

Belinda, wat het jy aangevang?

HOOFSTUK 5

Die druppels se helende krag is die keer net oppervlakkig.

Terwyl my kop teen die stort muur leun, probeer ek my gevoelens analiseer.

Hoe kan dit wees? Dit maak nie sin nie? Ek het iemand vermoor, iemand se kind, maar ek voel soos die slagoffer. My kop werk oortyd.

Ek moet van die klere ontslae raak, die selfoon, die mes, my kar moet skoon. 'n Naarheid bou in my op, ek braak in die stort....is dit die skuldgevoel wat uitkom?

"Migraine het my oorval. Sal more weer op kantoor wees" Dis my SMS aan Mariana. Sy sal dit glo.

Ek druk die klere wat ek aangehad het, my handsak, die mes en Stephan se selfoon in vier afsonderlike swart asbliksakke en ry asgate toe.

(Ek het die selfoon se battery uitgehaal en die foon stukkend geslaan, deels omdat ek eenkeer gelees het hul kan 'n selfoon spoor optel as die foon aan is en deels omdat ek die foto's daarop wou vernietig.)

Ek kry 'n graaf in my motorhuis en pak dit in die motor saam al die bewyse. Nou moet dit verdwyn!

My eerste gedagte is om dit iewers in 'n dam te gaan gooi. Maar 'n dam sal vereis dat ek vir ingang moet betaal, 'n strokie sal kry (nog bewyse), mense my kan eien en wonder hoekom kom ek vrou alleen by 'n dam aan.

Die asgate! Die landvul word gereeld toegegooi, dis groot en niemand sal wonder wat maak ek daar nie. Ek ry blindelings na die asgate.

Die hekoperateur laat my in sonder vrae en beduie waarna ek moet ry. Ek neem nie veel notisie nie.

Die landvul wat gebruik word as asgate word in sektore verdeel. Massiewe ashope wat die mens se roekeloosheid met die natuur soos 'n groot vlek op die landwydte uitsprei. Ek ry na die verste sektor, en klim uit. Die stank maak my van voor af naar (of is dit weer my gewete?)

"Dink Belinda! Dink!" Daar vlieg 'n swerm bruin voëls bo-oor my kop oor die ashoop. Asof hulle waghou oor alles wat hier aangaan. Die stank is ondraaglik. My bene voel of dit my gaan begewe.
Ek haal die graaf uit die kattebak en begin 'n gat maak tussen die vrot vullis op die hoop voor my. Ek druk die eerste sak in die mensgemaakte gat en druk die ou vullis weer terug met die graaf. So

beweeg ek in 'n kloksgewyse rigting rondom die ashoop en versteek die verdere 3 sakke weg.

Die naarheid wel in my op en ek braak weer. Ek is te bang om asem te haal. Dis asof hierdie hoop vullis voor my die vuilheid is wat Stephan aan Melissa gedoen het en dit wat ek gedoen het, word versteek tussen die skande van sy dade.

Ek kyk na bo, die voëls hou steeds wag.

Ek begin bid.

Ek bid dat niemand ooit sal uitvind wat ek vandag gedoen het nie. Ek bid dat niemand ooit die sakke sal vind nie. Ek bid dat niemand ooit sal uitvind wat Meneer van Aswegen soveel jare terug aan my gedoen het nie.

1987
Laerskool Dirkie Uys – Suide van Johannesburg

Dit voel vir Belinda of almal weet wat Meneer van Aswegen aan haar doen. Dit voel of hulle weet en vir haar lag. Hoe kan hulle nie weet nie?

Die hel is nie meer net in sy klas nie. Hy is aangestel oor die snoepie en dit het vir haar, haar tweede hel geword. Hy roep haar nou al uit ander periodes uit om hom te kom 'help' in die snoepie. Elke keer wat hy haar snoepie toe roep wil sy uitskree:"Nee!! Weet julle nie wat hy aan my doen nie?! Kan julle my nie help nie?!"

Die stap soontoe voel of dit in 'n droom is, 'n nagmerrie. Haar bene voel soos jellie, sy voel soos 'n robot. Dan kom sy by die snoepie aan en hy wil haar 'n nuwe 'speletjie' wys.

Haar derde hel is haar huis. Haar ma is baie siek. Sy hoes baie en dan baklei haar pa en haar ma. Hy sê sy gaan nog vrek van die sigarette en dan wil hy nie vir Belinda hê nie.

Hy is meeste van die tyd dronk. Hy is ook darem meeste van die aande nie by die huis nie. Dan help Belinda haar ma na die badkamer toe om oor die toilet te hoes. Sy het net gisteraand gesien daar is bloedspatsels in die toilet as haar ma klaar gehoes het. Dan vryf sy haar ma se rug en maak vir haar tee.

Sy hou daarvan om vir haar ma voor te lees uit haar leesboek en dan raak haar ma aan die slaap. Sy slaap nou elke aand by haar ma, en dis al wanneer sy veilig voel. Belinda bid elke aand dat sy asseblief saam haar ma kan doodgaan. Dat sy nie moet agterbly nie. Nie met haar pa nie en nie met Meneer van Aswegen nie.

HOOFSTUK 6

Die oorlog in my kop maak my wakker. Die handdoek op die badkamervloer herinner my aan die skande van gister. Ek moet 'n pynpil in my lyf kry.

Die pil is so bitter soos my gedagtes.

Was gister werklik? Het ek iemand....'n kind... vermoor? Ek weet nie hoe ek die samelewing in die oë gaan kyk nie. Ek voel soos die eerste keer wat van Aswegen aan my gevat het. Toe dit gevoel het of almal kan sien wat het hy gedoen het.

Die ketel kook stadiger as gewoonlik. Die swart koffie in die koppie begin vir my na 'n bodemlose put te lyk, soos die maalkolk wat my gedagtes is.Ek sluk dit af, dit brand my keel. Seker van die skuldgevoelens wat gisteraand by my keel uitgeborrel het.

Van Aswegen was in my drome gisteraand, hy en Stephan. En Melissa.

Hulle jaag ons, ek het haar aan haar kort armpies en ons hardloop, maar dis nie na veiligheid nie dis na groot swarthekke. Agter die hekke sien ek 'n lig. Vlamme. Dit voel nie veilig nie. Ons hardloop in die hel in. Elke keer wat ek en sy by die hekke kom, word ek wakker.

In die verkeer oppad werk toe stel ek die radio na elke moontlike stasie wat die nuus uitsaai. Ek wil hoor wat hulle van Stephan sê. Niks.

Ek stop voor ons groen-geut huisie. Ek, die moordenaar.

Hoe sal ek vir Mariana in die oë kan kyk? Sal sy weet? Ek sug voor ek uit die kar klim. Ek sien Stephan in my geestesoog. Ek sien die foto's op sy selfoon voor my. Ek sien Melissa se ogies voor my wat sy toeknyp om weg te kruip van die waarheid.

Ek haal diep asem en klim dan uit my kar. Ek probeer myself oortuig dat ek die regte ding gedoen het. Stephan Schoon moes betaal vir wat hy gedoen het. Ek het slegs die invordering gaan doen.

Teen tienuur het ek al hoe minder aan die vorige dag gedink. Mariana het ingeloer en verneem van my migraine. Dit lyk nie of sy iets vermoed nie. Ek werk deur die dokumente op my tafel en probeer op elke moontlike koerant op die internet kyk of daar iets is oor Stephan Schoon se ontydige afsterwe. Ek sien niks. Elke keer wat iemand in my kantoor instap voel dit of daar met groot letters op my voorkop geskryf staan 'MOORDENAAR'.

Elke keer wat ek aan Stephan dink op die vloer met sy hand in sy nek, die bloed op my hand dan dien ek my brein 'n nuwe leêr toe, die leêr van die foto's op Stephan se selfoon. Die foto's wat bewys wat Stephan aan sy eie sussie gedoen het.

Hoe lank het hy dit gedoen? Niemand sal seker weet nie. Melissa kom al ses maande na my toe, maar hoe lank het dit gevat voordat haar brein die seine na haar liggaam gestuur het om onbewustelik uit te vaar teen die onreg? Dalk 'n jaar?
Dit is omtrent drie uur toe Mariana my die nuus kom gee: Melissa se ma het ingebel en vertel van 'n inbraak by hulle huis. Stephan is vermoor vir slegs sy selfoon.

Die 'Nuwe Suid Afrika' se misdaadsituasie is blykbaar die oorsaak van die nuttelose dood van 'n onskuldige Hoërskool Seun. Sy gaan eerder vir Melissa na 'n kliniese sielkundige neem om haar algehele kwessies te behandel.

Ek probeer so verbaas as moontlik lyk, geskok, teleurgesteld.

Ek voel verlig.

Ek is verbaas dat die Polisie dit as 'n inbraak bestempel het, ek is geskok dat dit nêrens in die koerant is nie, ek is teleurgesteld dat Melissa my nie meer kom besoek nie. Ek is verlig dat niemand my vermoed nie.

My hart klop asof dit by my keel gaan uit spring. Toe Mariana by my kantoor uitstap slaak ek 'n diep sug van verligting.

Ek stap na my liasseerkabinet. Ek maak die derde laai oop: S-U. 'Schoon M.' Ek blaai na die laaste bladsy in die leêr en skryf in groot rooi letters: 'SAAK AFGEHANDEL'

HOOFSTUK 7

Lesedi Matolo

Ses maande het verloop sedert ek Melissa verlos het van die bose uit haar lewe. My lewe het nie veel verander nie. Van Awegen en Stephan het vir die eerste ruk gereeld kom besoek aflê in my drome. Ek het gevind hoe meer pille ek drink, hoe minder droom ek. Ek drink nou meer pille.

Ek bid ook bietjie meer...

Elke keer wat ek onthou stuur ek 'n skietgebedjie op om te sê 'dankie' dat niemand nog iets uitgevind het nie. Ek is seker hierdie tipe gebede van my kan menigmale in teologiese kringe bespreek word en die redes vir 'verkeerdheid' daarvan is ontelbaar. Maar ek gee nie veel om nie, ek het nie Teologie bestudeer nie....laat hulle hul daaroor bekommer.

In die ses maande wat verby is het nog gebroke kindertjies met Bennie en Babsie kom speel. Het Mickey se arm vir my die tyd aangewys en het Mariana aanhou glo in die mooi, die goeie, die rehabiliteerbaar. Ek nie.

Lesedi kom vandag na my toe. Ons moet voorberei vir haar hofsaak volgende week. Lesedi is 'n twintigjarige meisie wat in 'n Afrikaanse Kinderhuis in Pretoria grootgeword het nadat haar ma haar in 'n asblik in Bloedstraat gelos het minute nadat sy aan haar geboorte gegee het.

Dit was in laat Mei 1993 wat 'n straatveër in Bloedstraat se oggendskof begin het. Die wintersonstrale het net-net uitgekom soos hy van asblik tot asblik beweeg het om dit skoon te maak. Hy't in die verte 'n baba hoor huil. 'n Moeë huil, so asof die baba wou opgee. Hy het aangeneem dit kom uit een van die woonstelle in die straat. Maar hoe nader hy aan die asblik op die hoek van die straat beweeg het, hoe duideliker het die gehuil geword. Daar was 'n dik sonstraal op die laaste asblik en toe hy in die asblik kyk, het hy 'n vuil stuk bruinpapier opgetel en die piepklein baba met die naelstring nog aan haar gevind.

Hy het later aan die media gesê "Die Lig" het hom gelei na die baba en so het hulle haar 'Lesedi' gedoop – Die Lig

Maar Lesedi se lewe was alles behalwe maanskyn en rose. As gevolg van een nag in 'n asblik, wanvoeding en drankmisbruik van haar ma terwyl sy swanger was met haar, was Lesedi 'n baie siek baba, onderontwikkel en selfs vandag as twintigjarige is sy fisies baie kleiner as ander meisies van haar ouderdom. Sy sukkel met asemhalingsprobleme asook lewer- en nierprobleme.

Haar baba- en kleuterdae was soos meeste kinders in 'n kinderhuis s'n. Sy moes van vroeg af leer om te deel, dit sluit in klere, spasie en aandag. As Laer- en Hoërskool kind het sy akademies goed gevorder maar kon nooit aan sport deelneem nie as gevolg van haar gesondheidsprobleme.

Sy het geweet wat dit is om nie jou ma of pa op oueraande en prysuitdelings te hê nie en ook hoe dit voel om nie jou ma te hê om jou hartsgeheime mee te deel nie.

Soos gebruik was by die Kinderhuis, het Lesedi op agtienjarige ouderdom uit die "huis" getrek en in haar eie woonstelletjie op die perseël van die Kinderhuis ingetrek. Dit was veronderstel om die beste tyd van haar lewe te wees. 'n Rypwording, 'n viering van oorlewing. Maar soos dit altyd is met die kinders wat by my vir hulp opdaag, was dit 'n nagmerrie.

1988 – Begin van skooljaar
Laerskool Dirkie Uys – Suide van Johannesburg

Die skoolvakansie was vir Belinda te kort. Sy het aan allerhande planne gedink om nie terug te kom skool toe nie. Toe haar planne nie een wou uitwerk nie het sy begin bid dat Meneer Van Aswegen nie weer by haar skool kom skool gee nie. Dat hy sou trek, of doodgaan.

Ja, sy het gebid dat hy moet doodgaan want as hy na 'n ander skool toe sou gaan, weet sy dat hy dit wat hy aan haar doen aan 'n ander kind ook sou doen. Maar sy het gehoor God werk nie so nie. Mens mag nie bid dat iemand anders doodgaan nie, al is die mens ook hoe sleg. Dit het sy by haar ma gehoor.

Die skoolvakansie was nie net te kort nie, maar ook aaklig. Haar ma was die hele vakansie in die hospitaal en het net Kersdag huis toe gekom. Haar pa het gewerk en sy moes elke dag by die bure gaan bly. Mornè (wat so oud soos Belinda is) en sy sussie Jacqueline (wat in die Hoërskool is) was nie juis baie bly om haar daar te hê nie en sy moes maar haarself besig hou. Gelukkig het Mornè se ma baie boeke en Belinda het haarself besig gehou om heel vakansie boeke te lees. Dit het haar darem help ontsnap van wat die werklikheid was – haar lewe.
Nou sit hulle in die skoolsaal vir die skoolopening. Belinda se oë beweeg oor die gesigte op die verhoog – sy soek een gesig. ... en

daar kry sy hom....Meneer van Aswegen....hy is terug. Terug by die skool om die hel wat hy verlede jaar begin het, voort te sit.

HOOFSTUK 8

"Tannie Belinda" Lesedi se borrelende stem en teenwoordigheid stroom by my kantoor in soos die water uit 'n dam wat se walle gebreek het. Sy hou haar arms oop en glimlag breed. Sy is so pragtig.

"Lesedi!" Ons omhels soos langverlore vriendinne. Tussen ons- diep geheime van seerkry, en haat vir die wat ons onreg aangedoen het.

"Ek is bietjie vroeg. Maar ek wou eers met Tannie kuier, voor ons..." Sy hoef niks verder te sê nie. "Dit maak glad nie saak nie, jy weet mos jy is altyd welkom hier! Koffie?" "Dit sal *great* wees, *thanks*" Ek glimlag en ons twee stap kombuis toe.

Sy babbel voort oor haar nuwe werk by 'n klere winkel en die afslag wat sy kan kry en die ure en ...ek kan nie bybly nie. "Stadig so bietjie! Jy moet nou en dan asem haal hoor!" Ons lag te lekker terwyl ons na my kantoor stap. Ons altwee weet wat ons moet doen maar ons probeer dit onbewustelik uitstel vir so lank as wat ons kan.

"Lesedi, ons sal honderd persent moet seker maak dat ons die landros oortuig van die feite. Ek wil hê jy moet fokus op die kere wat jy 'nee' gesê het, die kere wat hy homself ingelaat het sonder jou medewete en toestemming. En dan wil ek hê jy moet elke stukkie detail aan die landros vertel wat hy aan jou gedoen het." Ek sien hoe Lesedi aan haar trane sluk maar sterk probeer wees. Ek weet wat ek van haar vra gaan 'n byna onmoontlike taak wees, maar ek weet sy is sterk en dat sy dit kan doen.

"Ek weet hoe moeilik dit is Lesedi, glo my. Maar die landros moet verstaan watse vark hy is, dat hy nie 'n mens is nie, dat hy geen regte moet hê nie, en dat hy nie weer sy voete as 'n vry man op straat moet sit nie"

"Ek verstaan Tannie. Ek gaan dit doen. Nie net vir my nie, maar vir ander meisies ook, om hulle te beskerm"

Dit is gewoon dat meeste van die kinders – meisies en seuns - wie se sake in die hof opeindig, gemotiveer word om getuie af te lê deur hulle beskermingsdrang teenoor ander. Dat hulle wil getuig om ander te beskerm, maar ek weet diep binne in is dit te seer om te erken dat dit die laaste manier is om hulself te beskerm. Om terug te baklei teen die monster wat reeds 'n hap uit hul lewe geneem het. Dis te seer om te sê "Kyk wat het jy aan my gedoen!" en vir een of ander rede is dit makliker om hulself uit hul liggame te verplaas en die rol van 'n beskermengel te vertolk.

Miskien is dit wat ek doen... miskien het ek nog nooit my van Aswegen-demone in die gesig gestaar en gesê: "Kyk wat het jy aan my gedoen!" nie. Miskien is dit makliker om die beskermengel te wees en om vir klein weerlose mensies te help om hulle demone te verslaan.

Ek en Lesedi neem haar leêr en begin deur haar beëdigde verklaring te werk.

"11 Augustus 2011. Wierda Park Aanklagkantoor. Hierdie beëdigde verklaring word afgeneem deur Adjudant Offisier Petunia Reent-Magsnommer 88/567/wp. Ek - Lesedi Matolo - gebore op 12 Mei 1992 verklaar onder eed die volgende: Ek is van die ouderdom van 3 jaar oud onder die toesig van New Hope Kinderhuis in Wierda Park. Toe ek verlede jaar 18 jaar oud geword het, het ek in my eie woonstelletjie op die terrein ingetrek. Dit is huisie nr 21. Oom Pieter Vos is die terreinopsigter by die Kinderhuis en ek ken hom al vandat ek 10 jaar oud is. Hy was nog altyd baie *nice* met my gewees. Oom Pieter het baie kere ons by die skool kom haal met die bakkie en hy het altyd dat ek en Welinda voor sit. Welinda is twee jaar ouer as ek. Hy het Welinda langs hom laat sit voor in die bakkie en ek by die deur, die ander kinders moes agterop sit. Welinda wou later nie meer voor sit nie en het self kinderhuis toe begin stap. Toe het ek en Arina voor gesit. Maar ek het altyd by die deur bly sit. Dit is belangrik vir my verklaring want Welinda het later aan my vertrel dat oom Pieter aan haar vat en sy hou nie daarvan nie. Ek het haar nie regtig geglo nie, maar ek glo haar nou"

Lesedi vat 'n sluk van haar koffie en lees die verklaring verder. Ek maak my duisendste nota oor die saak en teken aan dat ek met Welinda moet bevestig dat sy reg is om volgende week te getuig.

Lesedi lees die verklaring asof dit 'n berig in 'n koerant is, asof dit met iemand anders gebeur het. Dis gevaarlik - die landros sal haar nie ernstig genoeg opvat nie-ek maak 'n nota daarvan.

"...Ek het eendag by my woonstel aangekom toe is daar deur my wasgoedmandjie gekrap. My huisie was toegesluit, so dit was vir my vreemd dat iemand daar kon inkom. Ek het toe agtergekom dat van my onderklere (my broekies) uit die wasgoedmandjie gesteel is. Ek het vir my huisma gaan vertel maar sy het gesê ek verbeel my. Ek was baie bang daardie aand en kon nie dink hoe dit gebeur het nie. Die volgende oggend het ek 'n briefie by my voordeur gekry van oom Pieter. Dit het gesê dat hy die een in my huisie was om te kyk of ek lekkende pype het. Hy het erken dat hy deur my wasgoedmandjie gegaan het en gesê dat hy gewonder het hoe lyk my onderklere nou dat ek 'n "groot meisie" is."

"Hy het in die briefie gesê hy het nog altyd van my gehou en kon homself nie help om van my broekies huis toe te vat nie. Hy het gesê hy is jammer en ek moet asseblief vir niemand daarvan sê nie. Ek was so bang dat ek die briefie opgeskeur het en weggegooi het. Dit het in 2010 se winter gebeur, ek kon nie onthou watter datum nie."

"Oom Pieter het al hoe snaakser begin optree en ek het bang begin voel vir hom. Hy het vir my briefies geskryf en ek het dit elke keer weggegooi. In die briefies het hy geskryf hoe lief hy vir my is en al die lelike dinge wat hy aan my wou doen. Hy het ten minste nog vier keer sonder my toestemming in my huisie ingekom. Elke keer was my bed deurmekaar gemaak en my wasgoedmandjie uitgegooi deur hom. Ek het toe op die bank in my sitkamer begin slaap. Ek wou die slotte verander maar die reëls van die Kinderhuis het dit nie toegelaat nie."

"Dit was in September verlede jaar wat dit erger begin word het. Oom Pieter het kaalfoto's van klein dogtertjies in 'n koevert op my voorstoepie gelos. Hy het nie gesê dis hy nie, maar ek het geweet dit is hy. Dit kon niemand anders gewees het nie."

"Tot op daardie dag het ek niemand vertel van sy briefies nie, maar ek kon nie meer nie. Ek het die foto's na my huisma gevat en haar vertel van alles. Sy wou my nie glo dat dit oom Pieter is nie. Sy het gesê die Kinderhuis is vol tiener seuns wat vol streke is, en dat dit seker een van hulle was wat dit gedoen het. Ek was baie bang, en baie hartseer dat sy my nie wou glo of help nie. My huisma het gesê dat ek vir niemand moet vertel nie, anders moet ek vir my ander blyplek gaan soek"

"Tannie, kan ek asseblief 'n sigaret gaan rook" Ek kan sien dat die sigaret haar enigste uitvlug op hierdie stadium is. "Gaan rook jou sigaret en drink nog 'n koffie, dan gaan ons verder"

HOOFSTUK 9

Vir my sal 'n groot glas wyn beter afgaan as die sterk koffie in my beker en as ek 'n roker was, dink ek sou 'n *Camel* in orde gewees het. Ek kyk na Lesedi waar sy haar sigaret rook ek kan sien sy praat met haarself, of sing sy? Wat ookal in haar gedagtes omgaan, is ek seker dat dit als te doen het om moed op te bou vir volgende week se hofsaak.

Ons is al 'n jaar lank in en uit die hof met die saak. En elke keer moet sy Pieter Vos in die oë kyk. Met sy aangewysde staatsprokureur aan sy sy, kom hy elke keer kop in die lug by die hof in. Die vark! Asof hy niks het om oor skaam te wees nie. Ek het al menigmale gevoel ek spring op en spoeg op hom. Maar hy sal dit dalk nog geniet. Die siek vark!

Die laaste keer wat Landros Mdluli die saak uitgestel het, het hy gewaarsku dat dit die laaste keer sou wees. Ons verwag groot dinge vir volgende week.

Lesedi stap in "Tannie, *let's do this*" Ons albei gee 'n glimlag wat beskryf kan word as 'n 'begrafnis' glimlag – jy is hartseer, maar jy hoop alles gaan '*ok*' wees.

Lesedi vat die verklaring in haar hand en spoedlees tot waar sy opgehou het voor haar rookbreek. Haar stem, helder en sterk, lees verder:

"Dit was op 3 Oktober 2010, 'n Sondagaand, wat ek na die kerk se aanddiens by my woonstelletjie aangekom het. Dit was so half nege die aand. Dit het gereën en daar was donderweer. Toe ek in my woonstel instap en die ligte wou aansit, was die krag af. Toe die donderweer slaan het dit my woonstel verlig en ek kon iemand sien staan in die sitkamer. Die persoon het skielik gepraat.

Dit was oom Pieter. Hy het gesê ek moet nie skree nie. Hy het ook gesê hy het 'n *gun* by hom. Ek het dadelik omgedraai om te hardloop maar hy het op my gespring en my kop geslaan met iets."

Lesedi vat 'n sluk van haar koffie. Ek voel hoe ek kwaad word en skielik kom Stephan Schoon se beeld by my op. Bebloed, op sy knieë. "Fokus op Lesedi, Belinda!" Ek probeer Stephan se beeld uit my gedagtes skuif.

"Ek het gevoel hoe daar 'n straaltjie bloed in my hare afloop. Oom Pieter het my hande met iets vasgebind bo my kop. Dit was baie styf en seer. Dit het gevoel soos sterk plastiek bandjies wat deur my polse gesny het. Hy het my na die kamer toe gestoot met iets in my rug, ek het gedink dis die *gun*. Toe het hy my verkrag. Hy het my van voor verkrag en van agter. Hy het heeltyd gepraat toe hy dit gedoen het. Ek het hom heeltyd gevra om te stop. Ek het gehuil en vir hom gesê hy maak my seer. Toe hy klaar was het hy die bandjies afgesny en gesê ek moet vir niemand sê nie, anders sal hy terug kom en dit weer doen. Toe is hy weg."

"Ek het baie seer gehad. Dit het gevoel of die binnekant van my lyf gebars het. Toe ek na die badkamer gaan om te stort kon ek op die horlosie in die kombuis sien dit is half drie die oggend. Hy was daar van half nege die aand af."

Lesedi se verklaring gaan verder deur die proses wat sy deurgegaan het om skoon te kom, watse beserings sy opgedoen het en dat sy vir niemand daarvan gesê het nie. Dit gaan ons saak baie moeilik maak.

Pieter Vos het vandaar nog 6 keer in Lesedi se woonstel ingekom in die nag en haar vekrag. Elke aanval meer geweldadig, meer makaber en meer gewaagd as die vorige. Sy het beskryf dat sy kon sien dat Pieter Vos gedink het dat hy die reg het om dit te doen. In Desember 2011 het sy besluit om Polisie toe te gaan na 'n ontmoeting met haar ou skoolmaatjie Welinda.

Welinda het aan haar vertel dat Pieter Vos al in haar Hoërskool jare haar begin molesteer het en dat dit genadiglik opgehou het toe sy in pleegsorg geplaas is. Lesedi het oopgemaak teenoor Welinda en Welinda het haar oorreed om die saak by die Polisie te gaan aangee. Welinda en Lesedi is saam na die Wierda Park Polisiekantoor en Welinda het by Lesedi gestaan deur die aflegging van haar verklaring.

En hier sit ons vandag, drie jaar later, een week voor die hofsaak en daar is so baie goed wat teen ons tel, maar diep binne hoop ek, bid ek, dat ons hom kan laat opsluit. Net vir Lesedi se part. Vir niemand anders nie.

1988 – Februarie
Laerskool Dirkie Uys

Belinda is hierdie jaar in die nuwe juffrou se klas, Juffrou Willemse. Sy is 'n ouerige juffrou met grys hare en 'n bolla, en die mooiste grys-blou oë. Belinda wonder hoe oud Juffrou is. Juffrou Willemse is kwaai, maar Belinda voel of sy so graag wil goed doen, net om Juffrou Willemse tevrede te stel. Sy voel veilig by haar.

Belinda se ma is steeds siek. Sy gaan eenkeer 'n maand na 'n kliniek toe waar daar baie ander siek mense is. Haar ma sê almal hoes en is baie maer daar. Haar ma kry baie pille by die kliniek en moet dit elke dag drink. En sy rook nogsteeds...

Haar pa kom nou amper nooit huis toe nie, dis vir haar lekker maar sy kan sien dit maak haar ma baie hartseer. Haar ma huil baie en sy word ook al hoe maerder elke dag. Sy werk glad nie meer nie en Belinda moet omtrent elke dag broodjies by die kantoor gaan haal as dit pouse is. Sy haat dit!

Sy kan sien hoe kyk almal na haar as hul sien sy stap kantoor toe. Party dae is sy so skaam dat sy maar net water by die kraan drink. Dit help so bietjie vir die pyne in haar maag. Maar niks help vir die pyn hier diep binne in haar nie...die pyn wat Mnr van Aswegen veroorsaak elke keer wat hy aan haar vat...

Dis 'n pyn wat sy nie weet waar dit geleë is nie en ook nie hoe dit ooit sal weg gaan nie. 'n Pyn wat in haar lyf kom intrek het op 14 Februarie 1987 het toe Meneer van Aswegen die eerste keer aan haar gevat het.

Die pyn word nou ten minste drie keer 'n week oopgekrap en vergroot deur Meneer van Aswegen se siek speletjies met haar. Die pyn wat net die dood kan wegvat.

HOOFSTUK 10

Dinsdag, nege-uur en ons staan voor Hofsaal 2C. Dit reën buite. Die tipe reën wat sekerlik op dag-sewe van die Sondvloed ervaar is. 'n Harde deurdrengende reën. Die tipe reën wat Noag gerus sou maak en sy gesin sou oortuig het dat hul pa nie mal is nie.

Lesedi staan arms gevou langs my. Sy het 'n eenvoudige grys snyerspakkie aan met plat skoene. Haar hare is gevleg met insetsels tot op haar skouers en sy het ligte grimering aan. Vir 'n buitestaander sal dit lyk asof sy 'n jong staatsaanklaer is. Maar haar rukkende lyf gee haar weg. Sy probeer braaf wees maar ek kan sien sy is bang, ek ken die uitdrukking op haar gesig. Die uitdrukking wat my in die gesig gestaar het soveel jare vantevore.

Die Staatsaanklaer – Dudu Dlamini - was al vroeg by ons en het ons verseker dat alles vandag goed sal verloop.Dudu is 'n kort en plomp vrou in haar dertigs. Sy het by Tuks studeer en is een van die min staatsaanklaers wat nog 'n passie vir hulle werk het.

"Ons gaan hom opsluit Belinda! Vandag nog" sê Dudu in haar mooiste Afrikaans- Zulu aksent. Sy is ernstig, geen grappies as dit by Dudu en haar werk kom nie. Ek kan sien Dudu se bemoediging vat nie pos by Lesedi nie. Hoe kan dit? Lesedi is haar hele lewe lank al bewys om niemand te vertrou nie.

Skielik besef ek, dat soos ek, het Lesedi nie 'n ma aan aan haar sy nie. Om haar vas te hou, te bemoedig of te beskerm nie. Skielik raak ek kwaad vir die vrou wat twintig jaar terug 'n baba dogtertjie in 'n asblik in Bloedstraat gegooi het!

Die Landroskantoor se gange word al hoe voller van die mense wat begin instroom. Vrouens met baba's op hul rûe, mans met blink gevryfde skoene en gekreukelde hempe. Polisiemanne, prokureurs en nuuskieriges.

Ek verstaar my aan die mense. Hulle beweeg een vir een verby my in stadige aksie. Elkeen met sy eie probleme, sy eie seer. Ek besef dat elkeen wat vanoggend hier by die hof is, het of iemand skade aangedoen of is skade aangedoen. En dan is daar ons – die bestryders – die polisiemanne, die staatsaanklaers en maatskaplike werkers.
Die Hofbode,'n maer, sening van 'n man met koeldrank bottel brille praat skielik hard hier by ons " The State versus Pieter Vos"

My hart spring skielik hier in my bors, ek kyk na Lesedi langs my. Ek kyk om my en soek vir Pieter Vos "Hy moet nou net nie opdaag vandag nie!" dink ek by myself op dieselfde oomblik sien ek hom onder in die gang aangestap kom. Ek weet Lesedi moet hom nie nou sien nie en ek vat Lesedi aan die arm en beweeg vinnig saam haar in die hofsaal in. Ons gaan sit op die koue houtbanke van Hofsaal 2C.

Ek kyk om my rond en sien vir Petunia Reent ook daar, sy is die ondersoekbeampte. 'n Bruin meisie van Upington se wêreld in die groot gruwelike wêreld van die werklikheid. Sy het by die Polisie aangesluit as uitkoms uit die klein stowwerige Upington en het vinnig gevorder. Deels omdat sy nie bang is om op te staan teen enigeiemand nie en deels omdat sy nooit weer wou terug Upington toe nie- dit was of sukses in die Polisie of as mislukking terugkeer Upington toe. Sy het sukses in die Polisie gekies.

Die intree hofprosedures word uitgevoer en ons sit en staan en sit weer soos robotte. Die nodige vooraf inligting en reëls word gelees en deurgegaan. Ek hou vir Dudu dop. Die kort ronde vroutjie lyk soos 'n mamma-beer wat haar welpies wil beskerm. Vandag beskerm sy 'n verlore welpie, teen die Slang: Pieter Vos.

Die staatsprokureur wat Pieter verteenwoordig is Edward Mahlangu. Edward lyk skadeloos maar hy het 'n uitstekende tegniese kennis van die wet. Ongelukkig is dit ook die kennis wat hy elke keer gebruik om sy kliënte of meer tyd te gun in die samelewig of heeltemal vry te kry.

Edward het eers 'n maand of twee gelede die saak oorgevat nadat die vorige staatsprokureur in 'n motorongeluk oorlede is. Dit het my en Dudu bekommerd gelaat maar Dudu se gedrewendheid om te wen en reg te laat geskied het my bietjie meer gerus laat voel.

Ons hoor die donderweer buite en met tye moet die klankstelsel harder gestel word sodat Landros Mdluli kan hoor wat Dudu en Edward te sê het.

Die klagtes teen Pieter Vos word gelees, dit strek van inbraak tot verkragting tot poging tot moord. Landros Mdluli vra vir Pieter of hy die klagtes verstaan.

"Ja edelagbare"

"En hoe pleit jy?"

"Nie skuldig nie edelagbare"

Hy braak die woorde uit en gee 'n grinnik wat ek graag van sy gesig af sou wou verwyder het, met my hande....permanent.

Landros Mdluli verwys na die geskiedenis in die saak en kyk na Edward, hy vra of hy en Pieter genoeg tyd gehad het om voor te berei. Edward antwoord positief.
Ek kry 'n rilling in my. Is dit omdat die einde in sig is? Omdat ek bang is? Of opgewonde? Die donderweer slaan weer buite.

Edward praat verder:" Edelagbare, ek wil vra dat ons die saak van die rol skrap" Dis asof my ore toeslaan toe hy die woorde sê, ek hoor hoe die bloed deur my are pomp...sloesh...sloesh... Ek kyk na Lesedi, sy na my, haar oë is vol trane.

"Mahlangu! Ek het nie lus vir speletjies nie! Ek het ook nie tyd daarvoor nie! Waarvan praat jy?" Mdluli se stem is streng, soos 'n oupa wat sy tienerseun betrap het terwyl hy rook.

"Edelagbare" Edward se stem is steeds op een toon, as hy 'n kulkunstenaar was, was sy vertoning leeg, geen geheime in sy stem, geen vooruitsig van iets wat kom, niks! Net.....

"My kliënt Pieter Vos is in sy huis gearresteer en sy huis deursoek sonder 'n lasbrief. Verder meer is hy tot vandag nog nie sy regte voorgelees nie. Hy is aangerand deur die lede by Wierda Park polisiekantoor en is in alle opsigte van al sy regte ontneem. Ek vra dus dat die saak van die rol geskrap moet word." Donderweer en toe stilte.

Ek kyk af na die grond want ek is seker my hart lê buite my lyf. Hoe kan dit wees? Hoe kon hulle dit nou eers optel? Tegniese kennis of maklike manier uit? Ek sien hoe Dudu deur haar papiere grawe en verbouereerd die situasie probeer red. Ek is amper seker die uitdrukking wat ek op Lesedi se gesig sien was presies die uitdrukking wat die asblik- man twintig jaar terug op 'n baba se gesig gesien het toe hy die bruinpapier weggevee het. 'n Gesig van 'hoekom?' 'n Gesig van opgee.....

Ek voel hoe ek terug is in die snoepie saam van Aswegen. Hoe ek klein bietjie doodgaan as ek kyk na my vuil hande en sy smalende gesig elke keer as hy sy sin gekry het en ek.....ek elke keer 'n 'hoekom?'

1988 – Derde kwartaal
Laerskool Dirkie Uys

Belinda stap op die yskoue stoep na die Skoolkantoor toe. Sy het 'n ontsettende pyn op haar maag. Hulle het klaar Wiskunde gehad vandag, so dit kan nie haar verbeelding wees wat die pyn uitdink nie. Die pyn is al van gisteraand af daar maar sy wou nie haar ma sê nie. Haar ma het dan self so seer.

Sy weet die kantoor-tannie sal haar kan help. Al kan sy net 'n drukkie kry. 'n Opregte drukkie, nie 'n drukkie wat iets van haar verwag nie. Dalk is die pyn van verlange. Verlange na 'n normale lewe. 'n Lewe met 'n gesonde ma, 'n pa wat vir haar omgee en 'n skool waar sy nie nodig het om speletjies met 'n meneer te speel nie.

Die Tannie by die kantoor vra vir Belinda allerhande vrae en vat haar uiteindelik na die siekekamer toe. Daar leer sy haar eerste les oor menstruasie. Asof haar lewe nie deurmekaar genoeg was nie.

HOOFSTUK 11

"Edelagbare, ek het tyd nodig om met die ondersoekbeampte te konfedereer" Dudu se stem bewe effens. Dis die eerste keer wat ek haar so sien en dit maak my bang...kwaad! "Ek gee jou twee ure Dlamini! Julle mors die hof se tyd!" Landros Mdluli steek nie sy verergdheid weg toe hy opstaan en sy toga soos Batman s'n agter hom aan swiep.

Dudu wil nie na my kyk nie, sy grawe steeds deur haar papiere. Petunia stap na haar. Dudu lyk hoogs gefrustreerd toe sy Petunia sien en begin haar dadelik takel. Petunia beduie met haar hande en 'n paar sterk woorde val tussen die twee. Sy gaan nie dat die

Staatsaanklaer haar les laat opsê nie. Hulle stemme raak al hewiger maar ek en Lesedi hoor niks.

Ons is in limbo. Ons sien hoe Pieter Vos na ons draai en vir Lesedi oogknip en sy vet gebartse lippe aflek. Edward pak rustig sy papiere op, dis asof hy geen bydrae het tot die chaos wat om hom afspeel nie.

Pieter haal sy pakkie sigarette solank uit en stap by die Hof se deure uit. Ek wil nie na Lesedi kyk nie, ek wil nie haar bruin hartseer oë sien nie. Ek wil nie die pyn sien nie. Ek wil nie hê Pieter Vos moet uit die hofdeure as vry man stap nie.

Dudu en Petunia stap saam na ons toe. Hulle albei lyk of hul stemregte by hul weggeneem is. Dudu praat eerste " Ek het slegte nuus"

1989 Oktober
In 'n woonstel in Suid-Heuwels – Johannesburg

Belinda kyk na haar Ma waar sy op die foon gesels. Dis beslis nie iemand wat hulle ken nie. Haar ma praat te snaaks. Sy sê baie "meneer" vir die persoon aan die ander kant. Toe haar ma die foon neersit begin sy huil. Maar nie 'n hartseer huil nie, 'n kwaad-huil. Sy stap vinnig na die kamer toe en begin die kaste uitgooi.

Belinda is te bang om te vra wat aan gaan. Haar ma praat hard, maar nie met haar nie. Sy praat sommer so in die lug. Sy het nog nooit haar ma so gesien nie. Toe sy weer in die kamer loer het haar ma klaar 'n sigaret aangesteek en is sy besig om iets onder die bed uit te haal. 'n Skoenboks. Die trane rol steeds van haar ma se wange af en Belinda gaan sit langs haar ma op die bed. Haar arm op haar ma se rug.

"Wat is fout ma?" "Jou sleg pa Belinda. Dis wat fout is"

Haar ma maak die skoenboks oop en uit 'n ou sokkie wat versteek is in die boks tussen opgevromelde papiere, haal sy 'n klomp vervrommelde note uit.

"Hy het homself opgesluit gekry en nou moet ek MY spaargeld gebruik om hom te gaan haal. "

Belinda verstaan nie mooi wat haar ma bedoel nie, maar sy troos maar in elk geval. Sy wens partykeer dat haar ma haar kan troos. Dat sy vir haar ma kan vertel wat doen Meneer van Aswegen aan haar. Maar dan begin haar ma hoes of huil, en dan dink sy dat sy op 'n ander dag, as haar ma beter is, vir haar sal vertel.

Haar ma staan van die bed af op en trek 'n sonrok aan. Sy gaan was haar gesig en trek die kam deur haar yl hare.

"Kom Belinda, ons moet stap" Belinda vra nie vrae nie en gaan trek haar wit sandale aan. Die sandale het sy eenkeer by iemand gekry wat dit nie meer wou hê nie. Vir Belinda is dit die mooiste sandale in die wêreld. Dis hare!

HOOFSTUK 12

Pieter Vos bly in 'n eenmanwoonstel op dieselfde terrein as die Kinderhuis. Ek weet dit, want ek agtervolg Pieter Vos al vir drie dae lank.

Nadat die saak uit die hof gegooi is as gevolg van die skerp Edward Mahlangu se observering dat Pieter Vos se regte van hom ontneem is, het ek verlof ingesit vir twee weke. Mariana het verstaan. Sy kon sien dat ek iemand kon vermoor....hoe letterlik het sy net nie geweet nie.

Die aand van die aborteerde hofsaak het ek twee liter wyn alleen in my huis uitgedrink. Ek het geskree, gehuil, gebraak. Die volgende oggend het ek begin beplan.

Met Stephan Schoon het ek impulsief opgetree. Ek het dit nie beplan nie. Ek kan seker redeneer dat dit 'n 'ongeluk' was? 'n Daad van passie. Maar hier waar ek nou sit in my motor, voor die Kinderhuis terrein, dink ek - die wraak met Stephan kon soveel soeter gewees het. Dit kon soveel meer poëties gewees het.

Maar dit was te vinnig. Ek het nie soontoe gegaan om Stephan te vermoor nie. Ek het nie eers verseker geweet Stephan is skuldig nie. Wat vir my nou, hier, belangrik is, is dat Stephan betaal het. Hoe ongeörganiseerd of onpoëties dit ookal was. Hy het betaal!

Pieter Vos se skuld SAL ingevorder word! Die invoredringsdaad sal prysloos wees! Ek het besluit hierdie keer sal ek dit beplan. Pieter sal die prys betaal vir wat hy aan Lesedi en (hoeveel?) ander kinders gedoen het.

Ek het geweet ek het twee weke waarin ek kan beplan en my plan kan uitvoer. Woensdag tot Vrydag was vir my soos 'n vae herinnering. Ek het meer pille en wyn as gewoonlik gedrink en geslaap. En wanneer ek wakker was het ek gedink en beplan.

My plan sou Maandag in werking tree. Diep binne in my het ek kort-kort gevoel hoe ek opgewonde raak oor Pieter Vos se betaling. Dan fokus ek weer op my plan.

Opgewonde is positief. Ek wou nie positief voel nie. Ek wou kwaad voel, negatief, haat, moord, alles wat negatief is, dis wat ek wou voel!

Ek weet na drie dae dat Pieter 'n persoon van gewoonte is. Hy staan elke oggend dieselfde tyd op: vyf uur. Hy kom elke oggend dieselfde tyd uit sy huis uit: sewe uur. Hy sluit nie sy voordeur nie. Dan beweeg hy op die Kinderhuis terrein rond en doen ditjies en datjies. Om tien uur elke oggend begin hy in die jongmeisies se huisies ingaan. Hy is steeds 'n roofdier opsoek na prooi. Elke dag om eenuur gaan haal hy kinders by die skole – dis seker die tweede hoogtepunt van sy dag – naas die steel van jong meisies se onderklere. Om vieruur die middag stap hy doodluiters weer by sy huis in tot sewe uur die aand.

Hy besoek elke aand die naaste kroeg: "Die Wierda Oasis" en kuier daar tot laataand. Dronk en ongekoördineerd stap hy dan weer by sy ongesluite huis in. En die volgende oggend begin sy roetine weer van vooraf.

Tussendeur hierdie roetine van 'n roofdier moet ek die perfekte plek en tyd kry om Pieter Vos te laat betaal!

1989 Oktober
'n Ma en dogter stap Polisie Stasie toe in Suid-Heuwels – Johannesburg

Die son bak op die pikswart teer en Belinda se sandale vreet aan haar voete. Haar ma huil nog al die pad. Hul hande sweet en kort-kort ruil hulle hul handvashou-hand om die sweet te verminder. Belinda vergeet vir 'n oomblik van hul 'regte' lewe en dagdroom oor haar 'wens' lewe.

Sy droom hul stap na haar pa se werk. As hulle daar aankom gaan hy haar en haar ma neem vir 'n roomys en daarna gaan hulle huis toe gaan en saam in die tuin speel. Haar ma is gesond en haar pa is lief vir haar, hy het 'n werk en sorg goed vir hulle.

Haar dagdroom word onderbreek deur 'n motor wat langs hulle stop. Sy ken die motor. Dis 'n goud-bruin motor wat altyd by die onderwysers se afdakke staan gedurende skool tyd. Dit is Meneer van Aswegen se motor!

"More Mevrou Zeelie. En as julle so in die bloedige hitte stap?" Hy leun van die bestuurskant oor na die passasierskant wat se venster oop is en sit sy mees slinkse glimlag op sy gesig.

Belinda se ma vee die trane van haar wang af en sit net so vals gesig op. Belinda probeer agter haar ma wegkruip want Van Aswegen is die laaste persoon wie sy wil sien. In haar kop sê sy "Asseblief laat hy weggaan! Asseblief laat hy weggaan!"

"O, more meneer..." "Van Aswegen. Maar so pragtige dame kan my maar Robert noem" Robert van Aswegen voltooi Mevrou Zeelie se sin vir haar en haal sy beste truuks uit om die ma en dogter in sy motor te kry. Eintlik is die dogter vir hom mooier as die ma, maar hy sê dit nie, hy weet dis nie gehoord nie.

Belinda rol haar oë waar hy haar nie kan sien nie. Haar ma bloos. "More Belinda, my gunsteling kind in die skool" Hy knip vir haar oog. Haar ma kyk half vererg na haar toe Belinda steeds probeer wegkruip. "Groet vir Meneer, Belinda!"

"More meneer" Sy wens hy het net aangery, hulle nie raak gesien nie. "Kom klim in, dan ry julle saam! Waarnatoe gaan julle?" Belinda ys vir wat uit haar ma se mond gaan kom. Van Aswegen kan nie weet dat hul oppad Polisie Stasie toe is om haar pa te gaan haal nie.

"Ons stap sommer Poskantoor toe. 'n Brief om te pos" haar ma wys na die koevert waarin sy al haar spaargeld gebêre het. Die spaargeld wat hulle nou moet gaan betaal dat haar "sleg pa" kan saam huis toe kom. Belinda voel hoe sy verlig asem uit blaas vir die leuen wat haar ma vertel het.

Belinda kan sien dat haar ma eers dink, sy kyk na die son wat reg van bo skyn en die lang pad voor hulle. Haar bors is lankal toegetrek en 'n saamrygeleentheid is baie welkom op die stadium. So klim hulle in die kar, saam die wolf in skaapklere – Robert Van Aswegen.

Dit was die dag wat Belinda altyd sal onthou as die dag wat haar skool-nagmerrie oorspoel het na haar huis-nagmerrie. Die dag toe Robert van Aswegen haar en haar ma opgelaai het om haar sleg pa uit die tronk te gaan haal.

HOOFSTUK 13

Dis Donderdagaand half agt en Pieter Vos is uit vir sy daaglikse kuier. Ek het dit goedgevind om myself in sy varkhok in te laat en rond te kyk. Met dieselfde vermetelheid as wat hy in Lesedi se huisie ingegaan het.

Ek staan in Pieter Vos se sitkamer. Rugsak op die rug en flits in die hand.

Dit stink hierbinne na muf en sigarette en ou skoene. Die bruin sitkamerstel is aan flarde en vol sigaret brandmerke. Ek kyk om my en sien dat dit 'n piepklein vuurhoutjieboksie-styl eenmanwoonstel is. Die vertrekke is armafstand van mekaar. Sitkamer, kombuis, badkamer en kamer. Geen ekstra's.

In die wasbak is vuil skottelgoed van omtrent 'n week oud. 'n Stokou yskas wat raas en broodkrummels wat gestrooi lê oor die kombuisblad wat dien as 'n eetkamertafel...broodmes...hmm waar het ek dit laas gesien?

"Meneer Vos jy moet nie sommer jou broodmes so oop laat lê nie" Ek sê dit saggies vir myself en glimlag.

Nee wat Pieter Vos, vir jou gaan dit nie so vinnig en maklik wees soos 'n broodmes nie.

Die eenmanwoonstel is vol stompie belaaide aluminium asbakkies. Die man is nie lief vir skoonmaak nie.

My hart klop diep in my bors en my kop. Ek voel of ek wil omkap. Dis nie van die stank nie, ek dink dis omdat ek te veel pille gedrink het vandag en te min kos geëet het. Of dis dalk omdat ek binne in Pieter Vos se huis is?

Die bad is nog vol vuil water. Dis 'n bad en stort in een met 'n plastiek stortgordyn met dolfyne op. 'n Vrot badkamermatjie voor die bad. Die toilet lyk net so erg soos sy gedagtes. Ek beweeg na sy kamer wat net twee treë ver is.

Pieter Vos se kamer is eenvoudig. 'n Enkelbed met 'n gebreide kombers bo-op die bed. Effens deurmekaar. Perske kleur gordyne en 'n lendelam spieëlkas. Eintlik is sy kamer netjies in vergelyking met die res van die huis.

Hy het twee bedkassies, op een is 'n draagbare radio, op die ander tydskrifte. Ek stap na die verste bedkassie met die tydskrifte – dis pornografiese tydskrifte, hoe voorspelbaar.... Die maatskaplike werker in my sal wonder wat het met die man gebeur dat hy so uitgedraai het. Wie het hom seergemaak? Wie het hom verlaat?

Ek dwing myself om *nie* so te dink nie. Ek is nie hier as maatskaplike werker nie. Ek is hier as Belinda. Belinda wat beskerm. Belinda wat wraak neem!

Ek trek die lendelam spieëlkas se laai oop en daar lê 'n versameling van onderklere. Meisies onderklere!

"Ja jou vark! Jy het steeds nie opgehou nie!" Ek skuif die onderklere rond in die laai en voel iets kouds onder die onderklere.

Ek sien die swart handvatsel en haal dit uit. Dis 'n pistool. Dis seker die pistool waarmee hy Lesedi gedreig het. Alhoewel ek nog nooit 'n vuurwapen gebruik het nie, besef ek instinktief dat die pistool definitief handig te pas gaan kom. Ek sit dit in my rugsak.

Ek besluit om Pieter Vos te laat skrik, onveilig te laat voel in sy eie huis. Ek haal een van die broekies uit die laai uit en sit dit op sy kussing. Ek sit die flits af, stap uit en stap rustig na my kar.

In die kar haal ek my nota boekie uit en merk my "Om te doen lysie" af:
- Leer sy skedule
- Leer sy huis van binne
- Besluit op manier
- Doen dit!

HOOFSTUK 14

Mariana het vroegoggend gebel om te hoor hoe gaan dit met my. Sy en Albert is bekommerd oor my. Hoe slaap ek? Kan hy dalk vir my ietsie voorskryf? Ietsie?

Ek lag hierbinne my, ek dink Dr Albert Kriel is nie by magte om eers die tipe pille voor te skryf wat ek reeds drink nie. Ek bedank haar vir haar en Albert se belangstelling en verseker haar ek sal kontak as ek iets nodig het. "Verdomp! Ek wou nog geslaap het!"

Dit was 'n slaap sonder drome. Een van donker en rustigheid. Vir my was die donker nog nooit my vyand nie. Die daglig, dis 'n ander saak.

Ek wens ek kon Pieter se gesig gesien het toe hy in 'n besope toestand in sy kamer instap en die broekie op sy kopkussing sien. Ek hoop hy is bang. Hy behoort te wees. Baie bang.

Ek trek 'n groen 'cargo' broek aan en 'n wit T-Hemp. Maak my hare in 'n poniestert vas en besluit om selfs bietjie grimmering aan te sit. Vir afronding sit ek groen traandruppel insteek oorbelle aan en vat my groen handsak wat heel agter in my kas lê. Ek kan nie onthou wanneer laas ek moed gehad het, lus gehad het, om myself 'mooi' te maak nie. So mooi as wat 'kieriebeentjies' kan wees.

Winkels toe! Ek het nog voorbereidingswerk om te doen vir my volgende "projek". Vanaand is dit die 'finale' en daarvoor moet ek honderd persent voorbereid wees.

My eerste stop is by Woodhill winkelsentrum naby Pretoria Oos Hospitaal. Ek beweeg na die Builders Warehouse op dieselfde terrein. Daar word ek amper oorval deur oorbeholpe verkoopsmense wat wil help.

Ek vra om na hulle veiligheidskoene te kyk. Ek verduidelik dat ek die soek met die staalpunte. Ek kry 'n paar stewige "CAT" veiligheidskoene en koop ook 'n lang elektriese verlengingskoord - met 'n dubbelpunt prop – ek moet voorbereid wees op alle scenario's.

Ek gooi die Builders Warehouse strokie in die naaste buite asblik en stap rustig na die Food Lovers Market. Daar gaan sit ek by 'n tafeltjie wat na die binnekant van die winkel kyk.

Ek verstaar my aan die pragtige verpakking van vars vrugte en groente. Die ligte besproeiingstelsel wat kort-kort afgaan en die varsgoedere nat sproei. 'n Aanloklike oase van die natuur se opbrengs.

Die kelner – Thabo met 'n spierwit glimlag – rammel die dag se spesiale aanbiedinge af en ek besluit op die Bessie en Griekse joghurt ontbyt. Thabo lyk bietjie afgehaal, hy het dan so uitgesien dat ek 'Eggs Benedict' of die 'Biltong Bonanza' moet probeer.

Ek smul aan die bloedrooi bessies en die spierwit joghurt. Thabo wil nog 'n dis voorstel maar ek stop hom in sy sin en vra vir die rekening. Ek dink dit goed om 'n redelike fooitjie te los, deels om hom beter te laat voel omdat ek nie een van sy voorstelle bestel het nie en deels omdat ek goed voel.

"So, retail therapy help tog so bietjie" sê ek vir myself toe ek my kar oopsluit.

Oppad terug na my huis toe, besef ek dat ek 'n rustigheid in my het. 'n Rustigheid wat ek moeilik vir iemand anders sal kan beskryf. 'n Rustigheid wat aan die ander pool is van wat ek beplan vir vanaand.

HOOFSTUK 15

Vrydagaand Agtuur.

Ek staan in Pieter Vos se sitkamer.

Ek hoor my eie asem in- en uit blaas. My oë het klaar gewoond geraak aan die donker.

Dieselfde stank hang in die lug. Dieselfde vuil asbakkies, dieselfde bad vol vuil water – perfek!

Ek weet dit gaan 'n lang aand vir my wees. 'n Aand met 'n hoogtepunt om na uit te sien. Ek is soos 'n kind op Ou-Kersaand, opgewonde om geskenke oop te maak. Maar ek moet wag. Dié geskenk het ek hard voor gewerk.

Ek maak seker dat my voorbereidings gedoen is en gaan sit op die verflenterde sitkamer bank. My oë op die venster wat uitkyk op Pieter Vos se oprit. Ek wil hom sien wanneer hy stop voor sy motorhuis. Ek wil sien as hy besope sy voordeur oopmaak en dan....

Ek speel die toneel oor en oor in my kop uit. Ek volg die elektriese verlengingskoord met my oog, vanaf die muur waar dit ingeprop is tot by die hoek van die muur waar dit om die hoek verdwyn.

Soos 'n spierwit slang wat seil na sy prooi. 'n Spierwit slang wat elektriese gif uitspoeg.

Die 9mm pistool wat ek uit Pieter Vos se laai uitgehaal het die vorige dag lê op die bank se armlening. Ek het by 'n vuurwapen winkel patrone gekry, vir die verkoopspersoon gesê ek wil my pa skietbaan toe vat vir 'n verrassing. As hy maar net geweet het watse verrassing!

My hande wriemel in die weggooibare handskoene wat ek by die apteek gekry het. Dit laat my hande so vreemd lyk, soos 'n lyk s'n. Ek glimlag vir die vergelyking.

My hart klop diep en vinnig. Ek is reg vir my prooi.

Saterdagoggend Twee uur. Ek sien die bakkie se hoofligte by Pieter Vos se oprit indraai. "Belinda, nou is dit *Show Time*"

Ek gaan staan langs die deurkosyn met die 9mm pistool in my hand. Ek het geen vermomming aan nie, hoekom sou ek? Pieter Vos het nie 'n vermomming gedra toe hy Lesedi aangeval het nie.

Ek haal diep asem toe ek hoor hoe Pieter Vos die bakkie se deur toe slaan. Ek hoor hoe hy toonloos fluit, sy bakkie se sleutels val, hy gee 'n kragwoord en buk om dit op te tel.

"Kom nou! Kom nou!" dink ek ongeduldig by myself. "Rustig Belinda. Wag vir die regte tyd!" Ek motiveer myself om kalmer te word.

Tyd gaan staan stil vir my toe die deurhandvatsel draai.My kop draai van die vinnige toevloei van bloed wat dit nou oorstroom. Ek laai die pistool oor en druk die loop teen Pieter Vos se tempel toe hy by die deur instap.

"As jy 'n geluid maak, skiet ek jou!" My stem is kalm, sterk en intimiderend. Pieter Vos se patetiese liggaam ruk toe hy my waarskuwing hoor.Na die vinnige ruk beweging sien ek hy wieg stadig heen-en-weer – hy is beslis dronk. Dit gee my die voordeel.

"Wa... Wa schoek jy?" Sy tong sleep en hy stink na sterk drank. Die tipe wat met *Coke* gemeng word.Die tipe wat my pa altyd gedrink het.

 "Ek soek vir jou Pieter Vos. Soos jy vir Lesedi gesoek het"

Die kleur ontstnap sy vel, hy vergeet van die pistool teen sy kop en ruk sy kop om "Wie? Wa?" Dit lyk of hy wil omval.

Ek tik die pistool teen sy kop "Stap! Na jou badkamer toe!" Ek knik met my kop na die badkamer.

Hy strompel voor my uit. Ek maak seker dat die pistool in sy rug bly. Hy moet weet ek is ernstig.

Pieter Vos is of te dronk om te sien wat om hom aangaan of te bang om rond te kyk. Hy mis die handewerk wat ek vir hom voorberei het.

Die elektriese verlengingskoord is oor die horisontale pyp (waaraan die stort gordyn hang) gegooi en aan die bad se kant van die pyp hang Pieter Vos se eie draagbare radio- ingeprop- reg vir aksie. En onder, die bad vol vuil water.

"Trek uit jou klere"

Pieter Vos begin nou beter verstaan.

Hy kyk na die water en toe na die radio wat hang aan die koord. "Ish jy mal?" Sy oë dryf in sy kaste. Ek is amper seker hy wil huil.

"As jy net geweet het Pieter Vos"

Ek skop hom op my hardste, van die kant af, op sy knieg. Die veiligheidskoene doen die nodige skade en Pieter Vos gryp sy knieg vas. Hy is nou half gebukkend.

Ek buk af na sy oor toe en sê: "As ek vir jou sê trek jou klere uit, dan trek jy jou klere uit!"

Ek skop hom nog 'n keer, nog harder as die vorige keer, op dieselfde knieg. Hy val.

"Staan op en trek jou klere uit!"

Onwillig en met dieselfde vrees as wat Lesedi beleef het, trek hy sy vuil geswete hemp uit,dan sy broek en dan sy kouse en skoene. Hy sit op die vuil toilet terwyl hy sy skoene uittrek en nou en dan sluier hy vorentoe; dan druk ek hom met my voet teen sy skouer weer regop.

Ek wil hê hy moet sien wie ek is. Ek wil hê hy moet my herken. Hy moet weet dié is vir Lesedi.
Hy kyk op soos hy daar kaal op die toilet sit. "Wie ish jy? Wat schoek jy?"

"Jy sal nou sien wat soek ek. Klim in die bad!"

"Nee!"

"Luister jy nou vir my baie mooi want ek gaan dit net een keer verduidelik. Jy kan jou kanse vat met die pistool, of met die water. Dit hang alles af van hoe vinnig jy is"

Ek kan sien die ratte in sy dronk kop draai. Stadig, maar dit draai. Die "groot man" in hom begin nou oorvat.

Hy dink dalk: 'n Patroon kan hy nie sommer ontduik nie. Hy weet nie watse tipe skut ek is nie. Op so 'n kort afstand is dit byna onmoontlik om iemand mis te skiet.

Hy kyk na die bad. Nou weeg hy die opsies op: Hy sal miskien betyds uit die bad kan spring. Miskien is die krag in die radio nie genoeg om hom dood te skok nie.

Toe die spanningsvlak net neig om af te neem druk ek die pistool teen sy voorkop en sê in my mees onheiligste stem: "KLIM!"

Hy staan onwillekeurig van die toilet af op. Skielik lyk hy vir my soos 'n afgetrede sirkus olifant. Vet pens, klein slurp.Ek moet my fokus terug by my meesterplan kry.

Met dieselfde tree wat hy bad toe gee, gee ek een tree terug – gang toe. Die pistool steeds op hom gerig. Ek buk regop rug af na onder. Pistool in my regterhand en my linkerhand op die kragprop waaruit die elektriese verlengingskoord kom. Die groot asbakkie wat ek op die koord geplaas het om spanning in die koord te veroorsaak is by my hand. Nou moet ek alles met presisie uitvoer.

Die baba olie wat ek in die bad gegooi het laat hom gly en toe sy sitvlak die bad tref, druk ek die kragprop aan en stamp die groot asbakkie met my voet om, dit gee skiet aan die elekriese koord en die draagbare radio tref die water. Alles in 'n kwessie van 'n sekond.

Dis soos 'n vreemde simfonie wat voor my afspeel. Een of ander "Goue oue" –treffer begin speel terselftertyd as wat die elektriese lading die water tref.

Pieter Vos spartel desperaat om aan iets te gryp. Instinktief gryp hy die radio om dit uit die water te kry maar dis asof die radio hom aangryp! "Dans met my" sê die radio vir Pieter Vos. "Hou my vas"

Sy hele vet lyf trek so styf dat ek amper kan senings sien deur die lae en lae vet. Sy nek are pop so uit in sy nek dat ek dink dit gaan bars. Dit lyk letterlik of sy oë uit hul kaste wil ontsnap.

Na 'n paar sekondes spartel hy nie meer nie. Daar is nog lewe in hom, maar hy kan nie meer terug veg nie. Sy stokstyf lyf klou aan die radio vas. Ek kan sien hoe sy hande aan die radio vasgesmelt het.

Dis asof tyd vir my stilstaan. Ek kan nie beweeg nie. Dis asof dit 'n droom is.

Dis eers toe ek sien die elekrisiteit dans nog maar Pieter nie, wat ek weer deel word van die omgewing om my.

Ek trap oor die koord na sy kamer toe en bere die pistool waar ek dit gekry het. Ek los die kragprop aan, die asbakkie wat omgeval het netso en kyk 'n laaste keer na Pieter Vos se geëlektrifiseerde lomp lyf in die bad.

"Geen meer optredes vir jou nie Pieter Vos"

Ek stap by Pieter Vos se voordeur uit en sien dis half drie in die oggend. Die lug ruik vars, my hart voel lig. Ek dink in my kop : "SAAK AFGEHANDEL"

HOOFSTUK 16

1989 Oktober

Belinda stap kop onderstebo oor die rugbyveld na die onderwysers se parkeerarea. Voor haar – Meneer van Aswegen. Sy wil skree, huil, weghardloop. Maar waarnatoe? Hy het voor die hele klas in laaste periode gesê sy moet vanmiddag na skool saam hom ry – haar ma het hom glo gevra. Sy wou opspring en vir hom skree. Maar die kinders se kyke en onderlangse fluister het haar so skaam laat kry.

Sy kon nie dink watse bose plan hy vandag vir haar uitgedink het nie. Sy het net die datum in haar skrif geskryf en dis al. Sy het niks verder gehoor wat hy in die klas gesê het nie. Belinda het begin skrabbel en toe die klok lui om die einde van die periode aan te kondig, kon sy sien dat sy vlamme geskrabbel het. Die vlamme van hel. Die vlamme waarin sy haarself bevind.

En hier stap sy nou, kaalvoet, tas op die rug agter die duiwel aan. Die trane lê soos kokende water vlak agter haar oë opgedam.

"Klim maar voor in Belinda" Sy kyk nie vir hom nie.

"Meneer, kan ek nie maar asseblief huis toe stap nie?" haar stem bewe as sy dit vir hom vra.

"Ag nee nonsens. Ek het 'n baie spesiale verrassing vir jou vandag."

Sy stem verander in 'n oogwink vanaf 'n vreemde opgewondenheid na 'n streng dominerende bevel:"Klim in die kar, voordat ek vir almal vertel wat jy doen!"

Belinda weet wat hy bedoel met 'verrassing'. Sy haat sy verrassings. Dis elke keer soos messteke in haar hart, en elke keer wat hy aan haar vat, of sy aan hom, is dit asof sy doodgaan... bietjie vir bietjie.

Sy klim in. Dis dood binne in haar. Sy sien die dinge om haar maar registreer nie. Sy probeer solank ontsnap na die donker hoekie in haar brein waar sy wegkruip elke keer wanneer Meneer van Asgewen 'n nuwe 'speletjie' met haar speel.

Dis eers toe hulle in 'n verlate veld stop dat Belinda weer tot die huidige terugkom. Sy sien in die verte die "OK' –winkel se teken uitsteek. Sy hoor motor toeters in die verte en weet dat hul nie te ver van die dorp af kan wees nie. Die veld waarin hulle gestop het se grasse is lank en niemand kan die kar sien van die straat af nie.

Sy word bang. Hierdie is nie sy gewone klaskamer of snoepie "verrassing" nie.

Hy praat langs haar :" Belinda, nou dat jy 'n groot meisie is, kan jy dinge doen wat groot meisies doen" Dit voel vir haar of haar hele lyf lam word. Haar bene, voete en arms voel soos klippe. Sy is so bang vir wat gaan kom dat sy wil opgooi. Maar dit voel of sy soos Lot se vrou in 'n standbeeld verander het.

"Ek gaan vir jou vandag wys wat groot meisies doen"

Sy wil uitklim en weghardloop maar toe sy weer sien het hy haar uit die kar gepluk aan haar arm en op die agtersitplek gegooi. Nou begin haar hart so vinnig klop dat sy seker is dit gaan bars. Terwyl hy sy broek oopmaak probeer sy op haar maag draai om by die ander deur uit te ontsnap maar hy gryp haar arms met sy linkerhand vas. Hy hou haar arms vas bo haar kop dat sy glad nie kan beweeg nie.

Hy druk haar polse dat dit voel of dit soos 'n stokkie gaan breek.

Van Aswegen klim met sy knieë op die agtersitplek en druk Belinda se dun beentjies met sy een been oop. Sy probeer terugbaklei maar dis te vergeefs. Toe sy uiteindelik skree, druk hy haar mond toe met die hand wat haar arms vasgehou het.

Sy ruik nog die bordkryt op sy vingers en sy wil opgooi maar skielik voel sy 'n pyn tussen haar bene wat voel of sy in twee gaan skeur. Van Aswegen is op haar en hy het iets in haar ingedruk. Dis die ergste pyn wat sy nog ooit gevoel het. Dis erger as die pyn in haar hart.

Hy is bo op haar met so groot lyf en hy druk homself in haar in. Die trane stroom by haar wange af tot by sy hand wat haar mond toe hou. Sy sien hoe haar trane sy bordkryt vingers nat maak. Die pyn is so erg dat sy haar oë toemaak en bid.

"Here, asseblief laat dit ophou. Ek weet nie wat het ek verkeerd gedoen nie, maar ek is jammer. Help my asseblief"

Van Aswegen sweet en roggel en so skielik as wat die hele ding gebeur het, so skielik is dit klaar. Belinda voel hoe sy bloei en sweet waar hy haar penetreer het. Haar broekie lê buite in die stof.

"Staan op. Ek soek nie bloed op my sitplekke nie"

Hy kyk nie vir haar terwyl hy dit sê nie. Sy stem sagter as van te vore. Ysig.

Belinda huil nou vryelik. Sy wys vir hom sy is kwaad.

Hy gooi haar tas uit die kar:" Stap huis toe, dan gaan vertel jy vir jou Pa wat gebeur het. O ja, jou Pa is mos nie daar nie....en wat gaan jou sieklike ma doen?"

Hy sê dit met soveel smaak dat Belinda lus voel om 'n klip op te tel en hom in sy gesig te gooi met die klip.

Maar instede tel sy haar broekie uit die stof op en trek dit aan.

Hy ry weg.

Daar staan Belinda Zeelie, in die verlate veld, met die OK Winkel teken as baken.

Sy tel haar tas op en haal diep asem. Sy besluit net daar dat sy vanaand vir haar ma alles gaan vertel, maak nie saak of sy iets daaraan kan doen of nie, sy gaan haar alles vertel.

Die pyn tussen haar bene is ondraaglik en die huis is ver. Sy is seker sy gaan flou word maar sy stap dapper huistoe -met fyn straaltjies bloed en sweet wat by haar jong beentjies afloop. Haar doel voor oë is om by die huis te kom en aan haar ma te vertel watse hel sy die laaste paar jaar deurgemaak het!

HOOFSTUK 17

Ek het seker so half vier by die huis gekom, 'n slaappil gedrink en in die bed geklim. Minder nagmerries as met Stephan gehad. Is dit 'n goeie teken?

En nou sit ek by my eie eetkamertafeltjie. Die koerant voor my uitgesprei. Geen nuus van enige 'ongelukke' by 'n Kinderhuis nie.

Ek gaan die koerante op die Internet ook na. Niks. Ek wonder of sy niksseggende lewe so min beteken het dat sy indrukwekkende dood nie eers die koerante kon haal nie?

Ek voel amper soos 'n skimdigter wat wonderlike werke produseer maar nie erkenning kry daarvoor nie. "Belinda, wees versigtig! Onthou hoekom jy dit gedoen het" 'n Stem binne my berispe my.

Die roosterbrood pop uit die rooster en ek skrik vir 'n oomblik!

Terwyl ek die marmelade opsmeer kom 'n SMS deur na my selfoon. "Tannie B.Ek't nuus.Bel my.L"

Die hiërogliewe wat die jongmense in selfoontaal gebruik is horribaal vir my, maar ek is so opgewonde om Lesedi te bel dat ek myself amper nie kan beteuel nie.

"Hi Lesedi, dis Tannie Belinda" en daar rammel sy voort oor die kinders wat haar al heel oggend bel oor 'Oom Pieter' wat dronk was en homself dood ge'*shock*' het.

Ek tree net so geskok op en vrae die gewone vrae van : Is jy seker? Wanneer het dit gebeur? Hoe het dit gebeur? Was die Polisie daar? Wat sê die Polisie?

Vrae waarop ek al meeste van die antwoorde het. Die res van die antwoorde is ek verlig oor.
"Die Polisie sê hy was seker dronk en wou bad en musiek luister maar hy het nie mooi gedink nie. Kan tannie dit glo?"

Sy praat so vinnig soos gewoonlik. Ek antwoord so objektief as moontlik en laat haar meeste van die praatwerk doen.

Sy klink geskok, maar verlig.

"Dis verby tannie. Dis verby. Hy is dood"

Dis wat ek wou hoor.

Haar stem wat sê: dis verby.

Dis verby.

HOOFSTUK 18

1989 Oktober

Belinda stap by hulle woonstel in en val op die bank neer. Dit voel of sy amper dood is. Sy roep haar ma. Daar's geen antwoord.

"Mamma..." "Mamma...." so roep sy terwyl sy van vertrek na vertrek gaan in die klein woonstelletjie.

Nou kan sy die trane nie meer keer nie. Dit stroom by haar wange af. Dit voel vir haar of dit elke liewe traan is wat sy in Van Aswegen se klas wou huil, of in die snoepie. Sy huil asof haar trane nooit gaan ophou nie. Haar keel is al seer gehuil en dit voel of haar oë uit hul kaste gaan wegspoel van al die trane.

In die kombuis kry sy 'n briefie wat agterop 'n ou geskeurde koevert geskryf is: "Belinda. Ek is hospitaal toe. Jy moet asseblief vanaand alleen bly. Ek sal seker more aand huis toe kom. Ek is baie lief vir jou. Mamma"

Belinda gaan sit op die koue kombuisvloer en huil. 'n Huil wat diep binne uit haar uitkom.

Sy wou so graag vanaand vir haar ma vertel het wat doen Van Aswegen aan haar. En nou? Hoe sal sy kan as haar ma weer in die hospitaal is? Sy besluit dat sy haar ma sal vertel wanneer sy beter is, maar vertel gaan sy vertel!

Sy leun haar kop teen die groot wit yskas en toe sy later so uitgeput is van die huil raak sy net daar op die koue kombuisvloer aan die slaap.

Die klop aan die deur maak Belinda wakker en sy sien dis aand. Sy onthou skielik wat die middag gebeur het. Sy voel hoe haar bene teen mekaar vasplak van die bloed en sweet wat droog geword het en sy ruik die vrot bloed en sweet reuk aan haar. Sy kry sommer skaam om die deur so oop te maak.

Belinda wens sy kan eerder in 'n diep bad gaan lê en verdrink eerder as om die deur oop te maak. Maar wie ook al by die deur is hou aan klop.

"Belinda! Maak oop asseblief. Dis Tannie Magdaleen van die hospitaal. Ek het nuus oor jou ma."

Seer en styf staan Belinda van die koue vloer af op. Sy maak die deur oop. Voor haar staan 'n groot vrou met 'n lemmetjie groen en pienk blommetjies rok aan. Sy lyk amper soos een van die tannies wat al vir hulle kos gebring as haar ma so siek was.

"Belinda kind, hoekom vat jy so lank om oop te maak?" Die groot tannie is sommer uitasem en dit lyk of sy 'n lang dag gehad het. Haar vars grimmering wat die oggend nog sigbaar was is nou net 'n vae herinnering.

"Ek het geslaap tannie" Belinda probeer nie eers voorgee dat sy 'ok' is nie. Daar is geen gevoel is Belinda se hart nie. Hoekom sal daar in haar stem dan wees. Sy voel dood binne in haar.

"Belinda, kom sit hier by my op die bank. Ek moet jou iets oor jou ma vertel."

Belinda is te skaam om so vuil langs die tannie te gaan sit en gaan sit eerde oorkant haar. "Ek sal hier sit tannie"

Magdaleen begin weer vir haar vertel dat sy by die hospitaal werk en dat sy die mense se gesinne ondersteun wat in die hospitaal is. Sy vertel vir Belinda dat haar ma vanoggend deur die ambulans hospitaal toe gebring is en dat haar ma baie siek was.

Belinda weet meeste van die goed wat die tannie haar vertel en sy sit uitdrukkingloos en kyk vir haar. Sy hou die plooie om die tannie se mond dop terwyl sy praat. Dis asof die konsentrasie op die tannie se plooie vir Belinda wegvoer na 'n ander plek.

Dis eers toe die tannie sê: "Belinda! Hoor jy my?" wat Belinda weer teruggeruk word na die werklikheid.

"Belinda, jou mammie is vanmiddag by die hospitaal oorlede. Ek is so jammer my kind."

Belinda weet nie wat om te doen of sê nie.

Haar trane is klaar. Hoe kan sy nog huil?

Haar ma is dood. Watse hoop het sy nou in die lewe?

Haar lewe is hel. Wat het sy verkeerd gedoen om so gestraf te word?

"Jy kan maar huil kind" Die grootte Magdaleen wil opstaan om Belinda te troos maar sy sukkel om op te kom. Sy besluit om maar te bly sit.

"Wat nou Tannie?" Belinda vra die vraag asof dit iemand anders se ma is wat dood is.

"Belinda, ons kon ongelukkig nie jou pa in die hande kry nie, maar daar is 'n Oom en Tannie wat na jou sal kyk totdat ons vir jou 'n permanent blyplekkie kan kry. Maar hulle bly in Pretoria. So jy sal nou al jou goedjies moet pak en saam my ry. Jy gaan al vanaand daar by hulle slaap."

Belinda bly sit.

Uitdrukkingloos.

Gevoelloos.

Haar trane is op.

Haar gevoelens het daar in die veld, in die stof vandag agter gebly.

Sy verstaan nie hoekom nie, maar sy voel niks.

"Ek weet jy is geskok kind. Maar hulle sal mooi na jou kyk. Jy gaan na 'n nuwe skool toe moet gaan maar ek glo jy gaan sommer vinnig nuwe maatjies maak"

Skielik wonder Belinda of dit die Here se manier is om dit wat Van Aswegen aan haar doen te stop? Deur haar ma te laat doodgaan en haar by ander mense te laat bly? Sy verstaan dit nie, maar sy vra nie vrae nie.

"Kom, ek sal jou help pak. Ons moet nog Pretoria toe ry en dis 'n hele entjie"

"Kan ek net eers bad asseblief Tannie" Dis al wat Belinda uit kry. "Natuurlik, gaan bad jy dan begin ek pak"

Netso. In 'n oogwink het haar hele lewe verander.

Op een dag het sy die mens verloor vir wie sy die liefste in die lewe was – haar ma. En terselftertyd is sy verlos van die kloue van die duiwel – Robert van Aswegen.

###

MEER OOR DIE SKRYWER

Juanita Swart is gebore in Pretoria in 1977. Hier het sy groot geword en op 8 jarige ouderdom haar eerste storie geskryf. Sy onthou nog goed die vakansie kuier by haar tannie waar die enigste papier wat beskibaar was om op te skryf 'n kladboekie was. Elke woord van haar storie het dus dubbel deurgekom! Die eerste storie uit haar pen was oor 'n vliegtuig wat geval het en 13 oorlewendes moes veg vir oorlewing, teen die elemente en mekaar. Niemand kon glo die 8 jarige meisie het in 1985 die storie geskryf nie!

In die Hoërskool vind Juanita haar liefde vir Poësie en begin dig. Latere jare verskyn een van haar eerste gedigte "Vrees" in die "Poetry Institute of Africa" se digbundel "Different Horizons" Dit word opgevolg met haar gedig "Pa" in hul volgende uitgawe.

In 2013 sluit Juanita aan by 'n groepie skrywers en uit haar pen vloei "Afgehandel".

Juanita het 'n pragtige dogter Danielia. Hulle woon in Pretoria en hou daarvan om saam te lag en daar te wees vir mekaar. Danielia het 'n liefde vir skryf en het alreeds ook begin met haar eerste storie, sy hoop om eendag saam haar ma 'n boek te skryf.

Juanita se hoop is dat haar stories mense se lewens sal aanraak en dat hulle sal aanhou wonder, wat gaan sy volgende skryf?

NOG BOEKE DEUR JUANITA SWART

Moord Oord (2016)

Dankie dat jy my boek gelees het, gesels gerus met my op Facebook : https://www.facebook.com/juanitaswartskrywer/?ref=bookmarks

Kyk ook na my website: https://juanitaswart.wordpress.com/

Hierdie storie is geheel en al 'n werk van fiksie. Alle name, karakters, plekke en insidente is produkte van my verbeelding en is in geen sin op ware gebeure of mense gebasseer nie.